사람은 무엇으로 사는가

사람은 무엇으로 사는가

레프 니콜라예비치 톨스토이 글 | 김세일 옮김 | 김무연 그림

이 책의 성경 구절은 대한성서공회 발행 『성경전서 표준새번역』을 표준으로 삼았습니다.

사람은 무엇으로 사는가

초판 7쇄 발행 2024년 4월 25일

글쓴이 | 레프 니콜라예비치 톨스토이
옮긴이 | 김세일
그린이 | 김무연
펴낸이 | 김사라
펴낸곳 | 해와나무
출판 등록 | 2004년 2월 14일 제312-2004-000006호
주소 | 서울특별시 영등포구 양산로23길 17 2층
전화 | (02)364-7675(내용), 362-7675(구입) | 팩스 (02)312-7675
ISBN | 978-89-91146-56-3 43890

• 값은 뒤표지에 있습니다.
• 책 내용의 일부 또는 전부를 인용하거나 발췌하려면 반드시 저작권자와 출판사 양측의
  서면 동의를 구해야 합니다.

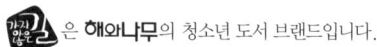 은 **해와나무**의 청소년 도서 브랜드입니다.

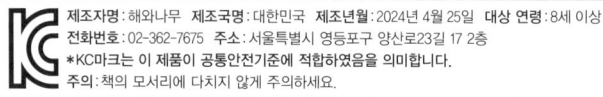

제조자명: 해와나무 제조국명: 대한민국 제조년월: 2024년 4월 25일 대상 연령: 8세 이상
전화번호: 02-362-7675 주소: 서울특별시 영등포구 양산로23길 17 2층
*KC마크는 이 제품이 공통안전기준에 적합하였음을 의미합니다.
주의: 책의 모서리에 다치지 않게 주의하세요.

차 례

사람은 무엇으로 사는가 · · · · · 7

사람에게 땅은 얼마나 필요한가 · · · 55

바보 이반 이야기 · · · · · 91

두 노인 · · · · · · · 149

사랑이 있는 곳에 하나님이 계시나니 · · 195

작품 해설 · · · · · · · 223

레프 니콜라예비치 톨스토이 연보 · · · 234

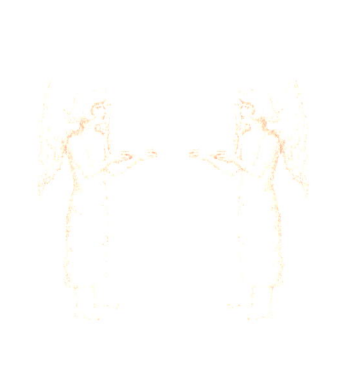

사람은 무엇으로 사는가

하나님은 서로 더불어 살아가기를 원하셨기에
모든 사람에게 필요한 것을 주셨습니다.
사람들은 자신에 대해 걱정하면서 살아가고 있다고 여깁니다.
그러나 사람들은 사랑 하나만으로 살아가고 있음을 이제 알게 되었습니다.
사랑 안에 있는 자는 하나님 안에 있으며, 하나님이 그 안에 또한 함께하십니다.
왜냐하면 하나님은 사랑이시기 때문입니다.

우리가 이미 죽음에서 생명으로 옮겨 갔다는 것을 우리는 압니다.
이것을 아는 것은 우리가 형제자매를 사랑하기 때문입니다.
사랑하지 않는 사람은 죽음 가운데 머물러 있습니다. (요한1서 3장 14절)

누구든지, 세상 재물을 가지고 있으면서,
자기 형제나 자매의 궁핍함을 보고도, 마음 문을 닫고 도와주지 않으면,
어떻게 하나님의 사랑이 그 사람 안에 머물겠습니까? (요한1서 3장 17절)

자녀 여러분, 우리는 말로나 혀로만 사랑하지 말고,
행함과 진실함으로 사랑합시다. (요한1서 3장 18절)

사랑하는 여러분, 서로 사랑합시다. 사랑은 하나님께로부터 오는 것입니다.
사랑하는 사람은 다 하나님에게서 났고, 하나님을 압니다. (요한1서 4장 7절)

사랑하지 않는 사람은 하나님을 알지 못합니다.
하나님은 사랑이시기 때문입니다. (요한1서 4장 8절)

지금까지 하나님을 본 사람은 없습니다.
그러나 우리가 서로 사랑하면, 하나님께서 우리 가운데 계시고,
또 하나님의 사랑이 우리 가운데서 완성되는 것입니다. (요한1서 4장 12절)

우리는, 하나님께서 우리에게 주시는 사랑을 알고, 믿었습니다.
하나님은 사랑이십니다. 사랑 안에 있는 사람은 하나님 안에 있고,
하나님도 그 사람 안에 계십니다. (요한1서 4장 16절)

하나님을 사랑한다고 하면서, 자기의 형제자매를 미워하면,
그는 거짓말쟁이입니다. 보이는 자기의 형제나 자매를 사랑하지 않는 사람은,
보이지 않는 하나님을 사랑할 수 없습니다. (요한1서 4장 20절)

1.

   구두장이와 그 아내가 아이들과 함께 한 농가에 세 들어 살고 있었다. 집도 땅도 없는 그는 구두를 만들고 수선하는 일로 가족을 먹여 살렸다. 빵은 비싸고 구두장이 삯은 얼마 되지 않아서 버는 돈은 모두 먹는 데 들어갔다. 구두장이는 모피 외투 한 벌을 아내와 번갈아 입었는데, 그것마저 다 해어져서 이미 누더기가 되었다. 그래서 새 외투를 만들 양가죽을 사려고 두 해째나 벼르고 있었다.

   가을 무렵이 되자 약간의 돈이 모였다. 3루블✝짜리 지폐가 아내의 장 속에 들어 있었고, 마을 농부들에게 받을 돈이 5루블 20코페이카✝✝가 되었다.

   어느 날 구두장이는 양가죽을 사려고 아침부터 서둘러 마을에

✝ **루블** : 러시아 지폐 단위.
✝✝ **코페이카** : 러시아 동전 단위.

갈 채비를 했다. 아침 식사를 마친 그는 루바슈카✢ 위에 솜을 넣은 아내의 무명 재킷을 입고, 그 위에 농부들이 입는 긴 모직 외투를 걸쳤다. 그러고 나서 3루블짜리 지폐를 주머니에 넣고 나무를 꺾어 지팡이를 만들어 손에 쥐고 길을 나섰다. 농부들에게 5루블을 받고 거기에 자신의 3루블을 더해 새 외투를 만들 양가죽을 살 생각이었다.

마을에 도착한 구두장이는 농부의 집을 찾아갔다. 하지만 농부는 집에 없었다. 농부의 아내는 일주일 안으로 남편에게 돈을 들려 보내겠다고만 하고는 한 푼도 주지 않았다. 할 수 없이 구두장이는 또 다른 농부를 찾아갔다. 농부는 돈이 없다고 딱 잘라 말하더니, 장화를 수선해 달라며 20코페이카만 주는 것이었다.

구두장이는 외상으로라도 양가죽을 사고 싶었지만 양가죽 장수가 절대 안 된다고 했다.

"돈을 가지고 와서 마음대로 고르시구려. 외상으로 주면 돈을 받기 어렵다는 것을 알잖소."

그래서 구두장이는 장화 수선비 20코페이카와 농부가 가죽을 덧대 달라며 준 낡은 펠트✢✢ 장화 한 켤레만 들고 돌아서야 했다.

속이 상한 구두장이는 20코페이카로 보드카를 마셔 버리고 양

✢ **루바슈카**: 러시아 민족 의상으로, 남자용 상의.
✢✢ **펠트**: 양털이나 그 밖의 짐승 털에 습기와 열을 가하여 눌러 만든 천.

가죽도 사지 못한 채 집으로 향했다. 술을 한잔 마시니 몸에 열이 올랐다. 지팡이를 든 한쪽 손으로는 울퉁불퉁하게 얼어 있는 땅을 두드리고, 다른 손으로는 펠트 장화를 흔들면서 구두장이는 혼잣말로 중얼거렸다.

"모피 외투가 없어도 따뜻한걸. 한잔 들이컸더니 이놈들이 온 혈관을 따라 달음박질치는 모양이군. 모피 외투 따윈 없어도 돼. 맘 상했던 것을 모두 털어 버리고 이렇게 걷고 있으니 말이야. 보라고, 난 이런 사람이야! 내게 뭐가 더 필요하겠어? 난 모피 외투 없이도 살 수 있어. 그런 건 한평생 필요 없단 말이야. 하지만 아내가 잔소리를 좀 하겠군. 두고 봐요, 이번에도 돈을 가져오지 않으면 모자를 잡아 벗기고 말겠어요. 암, 벗겨 버리고말고요. 뭐 이렇게 달려들겠지. 도대체 이게 뭐야? 20코페이카만 주다니! 20코페이카로 뭘 할 수 있단 말이야? 술이나 마실 수밖에. 형편이 어렵다고들 했지! 그래, 네놈들 형편이 어려우면 난 어렵지 않단 말이냐? 그래도 너희는 집도 있고, 가축도 있고, 이것저것 다 있지만 난 이 몸뚱이가 전부란 말이야. 너희는 농사 지은 곡식으로 빵을 만들어 먹지만, 나는 사서 먹어야 해. 어쨌든 일주일에 빵 값으로 3루블을 써야 한다구! 집에 가면 빵도 없을 테니 1루블 반은 내놓아야 할 테지. 그러니 네놈들도 내 돈을 갚아 줘야겠어."

횡설수설하며 걸어가던 구두장이가 모퉁이 근처의 교회에 이르렀다. 바로 그때 교회 뒤편에서 뭔가 허연 것이 보였다. 구두장이는 유심히 살펴보았지만, 해가 질 무렵이어서 무엇인지 정확히 알아볼 수가 없었다.

'저기에 돌은 없었던 것 같은데……. 가축인가? 가축은 아닌 것 같고. 머리는 사람 같은데 사람치곤 좀 희군. 그래, 사람이라면 이런 데 있을 리가 없지.'

가까이 다가가 보니 좀 더 똑똑히 보였다. 그런데 이게 웬일인가? 분명히 사람은 사람인데 죽었는지 살았는지 교회 벽에 기댄 채 꼼짝도 하지 않고 알몸으로 앉아 있는 것이었다. 구두장이는 순간 섬뜩했다.

'어떤 작자들이 사람을 죽이고 옷을 벗겨 여기다 내버린 모양이네. 가까이 갔다가 나중에 무슨 일을 당할지 몰라.'

구두장이는 서둘러 발걸음을 옮겼다. 교회를 뒤로하고 돌아서자 그 사람의 모습이 더 이상 보이지 않았다. 교회를 완전히 지나 다시 돌아보았더니, 그 사람이 벽에서 떨어져 움직이는데 마치 이쪽을 쳐다보는 것 같았다. 구두장이는 왠지 께름칙했다.

'가까이 가 볼까, 아니면 그냥 지나갈까? 어떤 놈인지도 모르고 가까이 갔다가 안 좋은 일이라도 생기면 어쩌지? 좋은 일을 하고 여기에 저렇게 굴러들었을 리는 없고. 가까이 갔다가 갑자기 달려들어 목이라도 조르면 꼼짝없이 당할 거야. 설령 목을 조르지 않더라도 괜한 일에 엮이기나 하겠지. 그나저나 저렇게 벌거벗었으니 어쩐다? 옷을 벗어 줄 수도 없으니 말이야. 젠장, 그냥 가자!'

구두장이는 걸음을 재촉했다. 하지만 교회가 거의 보이지 않자 아무래도 양심에 걸렸다.

구두장이는 길가에 멈춰 서서 혼잣말로 중얼거렸다.

"세몬, 도대체 너는 뭐 하는 거야? 사람이 불행한 일을 당해 죽어 가고 있는데, 무서워서 도망이나 치려고 하다니. 부자라도 된 거냐? 네가 가진 걸 빼앗길까 봐 두려운 거야? 세몬, 이건 옳지 않아!"

세몬은 걸음을 되돌렸다.

2.

세몬은 그 남자에게 가까이 다가갔다. 젊은 남자여서 힘도 있을 듯하고 몸에 얻어맞은 상처도 없었다. 다만 몸이 꽁꽁 얼어 있었고 무척 놀란 듯이 보였다. 남자는 벽에 기대어 앉아 있었는데, 눈도 제대로 뜨지 못할 만큼 기운이 없어 보였다. 세몬이 다가가자 그제야 정신이 들었는지 눈을 뜨고 세몬을 바라보았다. 세몬은 자신을 바라보는 그의 시선이 마음에 들었다.

세몬은 펠트 장화를 땅바닥에 내던지고 벨트를 풀어 내려놓고는 입고 있던 외투를 벗었다.

"얘기는 나중에 하고 이걸 입게! 자!"

세몬은 남자를 부축하여 일으켜 세웠다. 남자가 일어섰다. 몸은 깨끗하고 날씬했으며 손과 발도 거칠지 않았고, 귀엽고 앳된 얼굴을 하고 있었다. 세몬이 어깨에 외투를 걸쳐 주었으나, 젊은이는 소매 안으로 팔도 제대로 넣지 못했다. 세몬은 그의 팔을 소매에 잘 넣어 주고 옷자락을 바짝 잡아당겨 옷깃을 여민 다음 벨트로 조여 주었다.

세몬은 벌거숭이 젊은이에게 씌워 주려 모자를 벗었다가 머리가 너무 시려서 다시 썼다.

'난 대머리지만 이 친구는 고수머리가 길게 자라 있어. 장화를 신겨 주는 게 더 낫겠어.'

세몬은 젊은이를 앉힌 다음 펠트 장화를 신겨 주고 말했다.

"됐어, 친구. 자, 이제 좀 움직여서 언 몸을 녹여야지. 뒷일은 알아서 잘 해결될 거야. 걸을 수 있겠나?"

그러자 젊은이는 서서 아무 말도 하지 않은 채 정감 어린 눈길로 세몬을 응시했다.

"왜 아무 말도 없나? 여기서 겨울을 날 수는 없어. 집으로 가야지. 자, 여기 내 지팡이가 있으니 몸이 말을 듣지 않거든 이걸 짚게. 자, 움직여 보게."

그러자 젊은이가 걷기 시작했다. 뒤처지지 않고 잘 걸었다.

길을 가면서 세몬이 물었다.

"자넨 어디 사람인가?"

"전 이 마을 사람이 아닙니다."

"우리 마을 사람들이야 내가 잘 알지. 어떻게 이곳 교회까지 오게 되었느냐 말일세."

"말씀드릴 수 없습니다."

"나쁜 놈들에게 당한 게 틀림없어, 그렇지?"

"사람들에게 당한 게 아닙니다. 하나님에게 벌을 받은 겁니다."

"그래, 우리가 어디로 가든 모든 것은 하나님의 뜻에 달렸지. 그래, 자네는 어디로 가야 하나?"

"제겐 어디로 가든 마찬가지입니다."

세몬은 묘한 기분이 들었다. 젊은이는 거친 사람도 아니었고 말씨도 부드러웠지만, 자신에 대해서는 말을 아꼈다. 세몬은 세상에는 무슨 일이든 일어날 수 있다고 생각하면서 그에게 말했다.

"떠날 때 떠나더라도 우선 우리 집으로 가세."

세몬이 집을 향해 걸었다. 젊은이도 뒤처지지 않고 세몬과 나란히 발걸음을 맞췄다. 세몬의 루바슈카 속으로 찬 바람이 파고들었다. 세몬은 취기가 가시면서 몹시 추워졌다. 코를 훌쩍이면서 아내의 무명 재킷 앞섶을 여민 그는 걸어가면서 생각했다.

'모피 외투가 다 뭐야. 모피 외투를 사러 간 사람이 입고 간 외투도 없이 웬 벌거숭이까지 데리고 온다고 마트료나가 가만있지 않을 텐데.'

생각이 아내에 이르자 세몬은 우울해졌다. 그러나 젊은이를 쳐다보고 자신이 어떻게 교회 뒤편에서 그를 발견하게 되었는지 떠올리자 마음이 한층 밝아졌다.

3.

세몬의 아내는 일찌감치 일을 마쳤다. 장작을 패 놓고 물도 길어다 놓고 아이들과 함께 식사를 마친 터였다. 그녀는 빵을 오늘 구울지 아니면 내일 구울지 고민하고 있었다. 아직 큰 빵 조각이 하나 남아 있기는 했다.

'만약 세몬이 점심을 먹고 온다면 저녁을 많이 먹지는 않을 거야. 그럼 내일 먹을 빵은 여유가 좀 있는데.'

마트료나는 빵을 이리저리 만지작거리면서 생각했다.

'오늘은 빵을 굽지 말아야지. 밀가루도 빵 한 개 분량밖에 남지 않았어. 그걸로 금요일까지 버터 보자.'

마트료나는 빵을 치우고 식탁에 앉아서 남편의 루바슈카를 깁기 시작했다. 바느질을 하면서 마트료나는 남편이 사 올 양가죽을 떠올렸다.

'워낙 둔해서 양가죽 장수에게 속지나 않을지 모르겠네. 다른 사람은 속이지 못하면서 자신은 어린아이에게도 속아 넘어가는 위인이니……. 8루블이면 적은 돈이 아니니까 좋은 가죽을 살 수 있어. 무두질한 건 아닐지라도 어쨌든 쓸 만한 걸 살 수 있단 말이야. 지난겨울에는 외투가 없어서 정말 고생했지! 도대체 어딜 갈 수가 없었어. 지금도 그이가 다 걸치고 나가 버려 내가 입을 옷이 없잖아. 그리 일찍 나가진 않았지만 이제 올 때가 된 것 같은데. 이 양반, 어디서 진탕 놀고 있는 거 아냐?'

마트료나가 그런 생각을 하자마자 입구 바깥 계단에서 삐그덕 소리가 나더니 누군가가 들어왔다. 그녀는 바늘을 꽂아 놓고 입구로 나갔다. 내다보니 두 사람이 들어오고 있었다. 남편 세묜과 모자도 없이 펠트 장화를 신은 낯선 남자였다.

마트료나는 금세 남편에게서 술 냄새를 맡았다.

'그럼 그렇지, 술을 마신 게야.'

게다가 남편은 외투도 없이 재킷만 입은 채 손에 아무것도 들지 않고 말없이 서 있었다. 마트료나는 화가 나서 심장이 터질 것 같았다.

'받은 돈으로 몽땅 술을 마셔 버린 거야. 웬 건달 놈과 실컷 퍼마시고는 그것도 모자라 집에까지 끌고 왔어.'

그들을 집 안으로 들이고 따라 들어오던 마트료나는 낯선 젊은이가 자기네 외투를 입고 있는 것을 보았다. 젊은이는 외투 속에 루바슈카도 입지 않았고 모자도 쓰지 않고 있었다. 집으로 들어온 젊은이는 바닥을 내려다본 채 꼼짝 않고 서 있었다. 마트료나는 나쁜 짓을 한 사람이라 겁을 먹고 있다고 생각했다.

얼굴을 한껏 찌푸린 마트료나가 벽난로 쪽으로 떨어져 서서 그들의 거동을 살폈다.

세묜은 모자를 벗더니 마치 아무 일도 없는 사람처럼 의자에 걸터앉았다.

"어이, 마트료나, 저녁 준비를 해 줘!"

마트료나는 혼자 작은 소리로 뭐라고 웅얼거리면서 벽난로 옆에 가서 섰다. 그러고는 가만히 두 사람을 번갈아 쳐다보면서 고개만 흔들 뿐이었다. 세묜은 아내가 화가 났다는 걸 알았지만 모른 척하고 젊은이의 손을 잡아끌었다.

"앉게, 형제. 저녁 식사를 해야지."

젊은이가 의자에 앉았다.

"식사 준비를 아무것도 하지 않은 거야?"

마트료나는 화가 치밀어 올랐다.

"하긴 했지만 당신 것은 없어요. 보아하니 당신은 염치마저 홀딱 마셔 버렸나 보군요. 모피 외투를 사러 가서 입고 간 외투도 없

이 돌아온 것도 모자라 벌거숭이 부랑자를 집으로 데려오다니, 당신 같은 주정뱅이에게 줄 저녁 식사는 없어!"

"마트료나, 사정도 모르면서 그렇게 퍼부어 대면 되겠어? 먼저 어떻게 된 건지 물어봐야지……."

"그럼, 돈을 어쨌는지 한번 말해 보구려."

세몬이 재킷을 더듬어 지폐를 꺼내 펼쳐 놓았다.

"돈 여기 있어. 그런데 트리포노프가 오늘은 돈이 없다는군. 내일 주겠다고 약속했어."

마트료나는 더욱 화가 치밀어 올랐다. 모피 외투는 사지도 못한 채 하나뿐인 외투를 웬 벌거숭이에게 입혀서 집으로 끌고 온 것이다.

마트료나는 식탁 위에 놓인 돈을 낚아채 감추러 가면서 말했다.

"저녁 식사는 없어요. 무슨 수로 세상 모든 벌거숭이 주정뱅이들을 먹이겠어요."

"마트료나, 말조심해. 먼저 무슨 일인지 들어나 봐."

"술에 취한 바보한테 무슨 말을 들으라는 거예요? 애초에 당신 같은 주정뱅이에게는 시집오고 싶지 않았다고요. 어머니가 준 아마포로도 술을 사 마시더니, 이젠 모피 외투 살 돈을 몽땅 술값으로 날리다니!"

세몬은 술을 마시는 데 20코페이카밖에 안 썼다는 걸 밝히고 젊은이를 데리고 온 사정을 설명하려 했으나, 마트료나는 한 번에 두

마디씩 떠들어 대면서 말할 기회를 주지 않았다. 게다가 10년 전의 일까지 모두 끄집어내는 것이었다.

계속 떠들어 대던 마트료나가 세몬에게 달려들어 옷소매를 움켜잡았다.

"내 옷 내놔요. 하나뿐인 내 옷을 뺏어 입고 갔잖아요. 이리 내놓으란 말이에요, 못된 사람아! 당신 같은 망나니는 혼이 나야 한다구요!"

세몬이 아내의 무명 재킷을 벗으려는데 한쪽 소매가 뒤집어졌다. 그때 마침 마트료나가 잡아당기는 바람에 재킷의 이음새가 터지고 말았다. 마트료나는 재킷을 머리 위로 획 둘러 걸치고는 문쪽으로 달려갔다. 그러다가 문득 멈춰 섰다. 그녀는 몹시 화가 났지만 그래도 이 젊은이가 누군지 알고 싶었던 것이다.

4.

마트료나가 멈춰 서더니 말했다.

"선량한 사람이라면 루바슈카도 입지 않고 벌거숭이로 다닐 리가 없어. 당신이 나쁜 짓을 하지 않았다면 어디서 이런 사람을 데려왔는지 말했겠죠."

"내가 말해 주리다. 글쎄, 내가 걸어가고 있는데 이 벌거숭이 친구가 교회 근처에서 꽁꽁 언 채 쭈그리고 있는 거야. 여름도 아닌데 알몸으로 말이야. 마침 하나님이 도와 나를 그리로 보내셨기에 망정이지, 그렇지 않았더라면 큰일 날 뻔했지. 무슨 일이 일어날지 모르는 세상이잖아. 그래서 옷을 입혀 이리로 데려온 거야. 마트료나, 마음을 좀 가라앉히구려. 죽어 가는 사람을 그냥 두어선 안 되잖아. 우리도 언젠가 무슨 일을 당할지 몰라."

마트료나는 욕설을 퍼부으려다가 낯선 젊은이를 쳐다보고는 입을 다물었다. 젊은이는 의자 모서리에 걸터앉아 미동도 하지 않고 있었다. 양손을 무릎 위에 올려놓고 머리를 떨군 채 눈도 뜨지 않고, 마치 누구에게 목이 졸리는 듯 얼굴을 일그러뜨리고 있었다. 마트료나가 잠자코 있자 세몬이 말했다.

"마트료나, 당신에겐 하나님도 없소?"

그 말에 낯선 젊은이를 다시 한번 쳐다본 마트료나는 차츰 마음이 가라앉았다. 문에서 떨어져 벽난로가 있는 구석으로 간 그녀는 저녁 식사를 차리기 시작했다. 식탁 위에 잔을 놓고 크바스[✣]를 따르고는 마지막 남은 빵 조각을 잘라 내놓았다. 그리고 칼과 스푼을 주면서 말했다.

"드시구려."

✣ **크바스**: 주로 귀리와 엿기름으로 만드는 러시아의 전통 음료.

세몬이 젊은이를 식탁으로 떼밀었다.

"자, 앉게. 어서."

세몬은 빵을 잘게 썰었고, 그들은 식사를 하기 시작했다. 마트료나는 식탁 모서리에 앉아서 한 손으로 턱을 받친 채 낯선 젊은이를 바라보았다.

갑자기 마트료나는 이 낯선 젊은이가 불쌍하게 여겨지면서 호감이 갔다. 그러자 젊은이의 표정이 밝아지더니 마트료나를 쳐다보면서 싱긋 웃었다.

그들이 식사를 마치자 마트료나는 식탁을 치우면서 젊은이에게 물었다.

"어디에서 왔어요?"

"저는 이곳 사람이 아닙니다."

"어쩌다가 여기에 오게 된 거죠?"

"말씀드릴 수 없습니다."

"강도라도 당한 건가요?"

"저는 하나님에게 벌을 받았습니다."

"그래서 알몸으로 누워 있었나요?"

"네, 알몸으로 누워 있다가 꽁꽁 얼어붙었습니다. 그런데 아저씨가 저를 발견하고 불쌍히 여겨, 입던 외투를 벗어 제게 입히고 이리로 데려온 것입니다. 여기선 아주머니가 절 불쌍히 여겨 먹을 것을 주었습니다. 두 분께 신의 은총이 있기를 빕니다!"

마트료나는 기워 놓은 세묜의 낡은 루바슈카를 들고 와 젊은이에게 주었다. 그리고 바지도 하나 찾아서 내주었다.

"내가 보니 당신은 루바슈카도 입지 않았더군요. 자, 이걸 입고 침대 위든 벽난로 옆이든 마음에 드는 데 누워 자도록 해요."

젊은이는 외투를 벗고 루바슈카와 바지를 입고 침대 위에 누웠다. 마트료나도 불을 끄고 외투를 챙겨 남편 옆으로 가서 누웠다. 외투 끝자락을 덮고 누웠으나 낯선 젊은이 생각에 잠이 오지 않았다.

젊은이가 마지막 남은 빵을 먹어 내일 먹을 빵이 없다는 것이나 그에게 루바슈카와 바지를 줘 버린 것을 생각하면 우울해졌으나, 그가 환하게 웃던 모습을 떠올리자 곧 마음이 밝아졌다.

오랫동안 잠을 이루지 못하고 있던 마트료나는 남편 역시 잠들지 못한 채 뒤척이는 걸 알았다.

"세묜!"

"응?"

"마지막 남은 빵도 다 먹은 데다 화덕에 밀가루 반죽도 올려놓지 않았으니 내일은 어떻게 해야 할지 모르겠어요. 말라니야 할머니네 가서 부탁을 좀 해 봐야겠어요."

"산 입에 거미줄이야 치려구."

마트료나는 한참 동안 아무 말도 하지 않고 누워 있었다.

"젊은이가 나쁜 사람은 아닌 것 같은데, 자기 얘기는 하질 않는군요."

"무슨 말 못 할 사정이라도 있겠지."

"세묜!"

"응?"

"우리는 남에게 베풀고 사는데 왜 우리에겐 아무도 베풀지 않는 거죠?"

세묜은 뭐라고 대답을 해야 할지 몰랐다.

"알게 되겠지."

그렇게 말하고는 돌아누워 잠이 들었다.

5.

다음 날 아침 세묜은 눈을 떴다. 아이들은 자고 있었고, 아내는 이웃집에 빵을 꾸러 가고 없었다. 어제의 낯선 젊은이 혼자 낡은 바지와 루바슈카를 입은 채 의자에 앉아 허공을 바라보고 있었다. 그의 얼굴은 어제보다 훨씬 밝아 보였다.

세묜이 말했다.

"이보게, 젊은 친구. 배는 먹을 것을 달라고 하고, 벌거숭이 몸은 입을 것을 달라는군. 먹고는 살아야지. 그래, 자네는 무슨 일을 할 줄 아나?"

"전 할 줄 아는 것이 없습니다."

세몬은 조금 놀라며 말했다.

"그럼, 하려는 마음만 있으면 된다네. 사람들은 뭐든지 배워 익히지 않나."

"모두 일하는데 저도 해야지요."

"자네 이름이 뭔가?"

"미하일입니다."

"좋아, 미하일. 자신에 대한 얘기를 하고 싶지 않다면, 그건 자네가 알아서 할 일이야. 그렇지만 밥벌이는 해야겠지? 내가 시키는 대로 일을 하면 자네를 먹여 주고 재워 주겠네."

"네, 일을 배우겠습니다. 무슨 일을 해야 할지 가르쳐 주세요."

세몬은 손가락에 실을 감아 잡고서 미하일에게 매듭을 지어 보였다.

"복잡한 일은 아니니 잘 보게."

그리고 어떻게 마무리를 짓는지 가르쳐 주었다. 그러자 미하일은 본 것을 금세 따라 했다. 세몬이 뻣뻣한 실을 밀어 넣고 꿰매는 방법을 보여 주자, 그것 역시 금세 배웠다.

그는 세몬이 가르쳐 주는 대로 무슨 일이건 금방 배웠으며, 3일째가 되자 마치 오랫동안 이 일을 한 사람처럼 능숙하게 구두 수선을 하게 되었다. 그는 허리도 펴지 않고 일만 했으며, 음식은 조금밖에 먹지 않았다. 가끔 휴식을 취할 때면 말없이 그저 허공만 바라볼 뿐이었다. 아무 데도 가지 않았고 쓸데없는 말이나 농담도 하지 않았으며 웃지도 않았다.

그가 웃음을 보인 건 첫날 저녁 세몬의 아내가 저녁 식사 준비를 하던 그때 한 번뿐이었다.

6.

하루가 가고 일주일이 지나고 1년이란 세월이 흘렀다. 미하일은 여전히 세몬의 집에서 살면서 일을 하고 있었다. 그사이 세몬의 새 일꾼이 누구보다도 구두를 모양 좋고 튼튼하게 만든다는 소문이 퍼져 나가, 인근 마을에서도 구두를 짓기 위해 세몬을 찾아오게 되었다. 세몬의 수입도 조금씩 늘어 갔다.

어느 겨울날 세몬이 미하일과 앉아서 일을 하고 있는데, 방울을 잔뜩 단 마차 소리가 요란하게 들렸다. 창문으로 내다보니 마차가 집 건너편에 멈추어 섰다. 한 젊은 사람이 마부석에서 뛰어내려 마차 문을 열어 주었다. 그러자 모피 외투를 입은 한 신사가 내렸다. 그는 마차에서 내려 세몬의 집 입구 계단으로 올라섰다. 마트료나가 뛰어나가서 문을 활짝 열어 젖혔다. 몸을 굽히고 집 안으로 들어온 신사가 허리를 폈는데, 머리가 거의 천장에 닿을 정도였다. 마치 온 집 안이 꽉 찬 것 같았다.

세몬은 일어나 인사를 하면서 신사를 보고 내심 놀랐다. 이제껏 그런 사람을 본 적이 없었다. 세몬은 몸이 홀쭉했고 미하일도 여위었으며 마트료나 역시 불쏘시개처럼 말랐는데, 신사는 마치 다른 세계에서 온 사람처럼 얼굴이 불그스레한 것이 기름기가 흘렀고, 목은 황소 목처럼 굵어서 몸 전체가 마치 쇳물로 주조를 해 놓은 것 같았다.

신사가 숨을 내쉬더니 모피 외투를 벗고 의자에 앉으며 말했다.

"주인이 누군가?"

세몬이 앞으로 나서며 대답했다.

"접니다, 나리."

그러자 신사가 자신이 데려온 하인에게 대고 큰 소리로 말했다.

"어이, 페지카, 물건을 이리 가져와."

하인이 꾸러미를 가지고 뛰어 들어오자 신사가 꾸러미를 넘겨받아 테이블에 올려놓으며 말했다.

"풀어 보아라."

하인이 꾸러미를 풀었다. 그 안에는 가죽이 들어 있었다. 신사가 가죽을 손가락으로 짚으며 말했다.

"이보게 구두장이, 이게 어떤 가죽인지 알겠는가?"

"네, 알고말고요. 나리."

"이게 어떤 가죽인지 알겠느냔 말이야."

세몬이 손으로 가죽을 만져 보고 나서 대답했다.

"아주 좋은 가죽입니다, 나리."

"그저 좋은 가죽이라고! 이런 바보 같으니. 이런 가죽은 본 적도 없을 거야. 독일제 가죽인데 20루블이나 주고 샀지."

세몬이 겁을 먹고 말했다.

"저희가 이런 가죽을 어디서 보겠습니까, 나리."

"그야 그렇지. 자네가 이 가죽으로 내 발에 맞는 장화를 만들 수 있겠는가?"

"만들 수 있습니다, 나리."

그러자 신사가 그에게 소리를 쳤다.

"그냥 만들 수 있다는 말로는 안 돼. 어떤 가죽으로 누구의 장화를 만드는지 잘 명심하란 말이야. 1년을 신어도 비틀어지지 않고 찢어지지도 않는 그런 장화를 만들어야 해. 그렇게 할 수 있다면 만들고, 그렇지 않다면 가죽은 건드리지도 말아. 미리 말해 두겠는데, 장화가 1년도 되기 전에 찢어지거나 비틀어지면 자넬 감방에 처넣어 버리겠네. 그러나 1년이 지나도 아무런 문제가 없다면 10루블을 더 얹어 주지."

그 말을 들은 세몬은 겁이 나서 선뜻 답을 못 하고 주춤했다. 팔꿈치로 미하일을 툭 치며 작은 소리로 물었다.

"어떻게 할까?"

미하일은 일을 맡으라는 듯이 고개를 끄덕였다.

세몬은 미하일의 뜻에 따라 1년을 신어도 비틀어지거나 찢어지지 않는 장화를 만들겠다고 대답했다.

신사는 하인에게 소리쳐 왼쪽 구두를 벗기게 한 다음, 발을 내밀며 말했다.

"치수를 재라!"

세몬은 큼직한 종이를 이어 붙여 고르게 펴고는 무릎을 꿇고 앉아, 신사의 양말이 더러워지지 않도록 앞치마에 손을 잘 닦은 후 치수를 재기 시작했다. 발바닥 길이와 발목 높이를 재고 난 후 종아리 치수를 재려는데 종이 끝이 서로 맞닿지를 않았다. 신사의 종아리가 마치 통나무처럼 굵었던 것이다.

"종아리가 꽉 끼게 해선 안 돼."

세몬이 다시 종이를 덧대었다. 신사는 앉아서 양말 속의 발가락을 꼼지락거리며 집 안에 있는 사람들을 둘러보다 미하일을 발견하고 물었다.

"이자는 누군가?"

"우리 집 숙련공인데 저 친구가 장화를 만들 겁니다."

그러자 신사가 미하일에게 말했다.

"잘 명심해 둬. 1년을 신어도 끄떡없는 장화를 만들란 말이야."

세몬이 미하일을 힐끗 쳐다보니 그는 신사가 아니라, 마치 누군가 다른 사람이 있는 듯 신사 뒤편의 구석을 보고 있었다. 그렇게 계속 바라보던 미하일이 갑자기 빙그레 웃으며 밝은 표정을 지었다.

"이 바보 같은 놈, 왜 웃는 거야? 시간 안에 장화를 잘 만들 수 있느냔 말이다."

그러자 미하일이 대답했다.

"말씀대로 해 놓겠습니다."

"그래, 그래야지."

신사는 구두를 신고 외투를 걸친 후 옷깃을 여미더니 문 쪽으로 걸어갔다. 그런데 고개 숙이는 것을 잊어버려 그만 상인방✢에 머리를 세게 부딪히고 말았다. 신사는 욕설을 한바탕 퍼붓고 이마를 문지르더니 마차를 타고 떠났다.

신사가 가고 나자 세몬이 말했다.

"정말 대단한 사람이야. 저 양반은 도끼로 찍어도 죽지 않을걸. 머리를 상인방에 그렇게 세게 부딪혔는데, 별로 아프지도 않은 모양이야."

그러자 마트료나가 끼어들었다.

"얼마나 잘 먹고 살면 저렇게 기름이 번드르르하겠어요. 저런 양반은 큰 망치로도 어림없을걸요."

✢ **상인방** : 기둥과 기둥 사이의 벽 윗부분에 가로지른 나무.

7.

세몬이 미하일에게 말했다.

"일을 맡긴 맡았는데 까딱 잘못했다가는 큰일 나겠어. 가죽은 비싼 데다 나리 성격은 불같으니. 한 치의 실수도 있어서는 안 될 텐데. 자네가 나보다 눈도 밝고 손재주도 더 좋으니, 가위를 가지고 가죽을 자르게. 나는 가죽 꿰매는 일을 도울게."

미하일은 세몬이 하라는 대로 신사가 가져온 가죽을 탁자 위에 펼쳐 놓고 둘로 접은 다음 가위로 자르기 시작했다.

마트료나는 미하일이 가죽 자르는 것을 지켜보다가 깜짝 놀랐다. 미하일이 원래 장화를 만들던 대로 가죽을 자르지 않고 둥그렇게 자르고 있었던 것이다. 마트료나는 뭐라고 말을 하고 싶었으나, 내색하지 않고 생각했다.

'그래, 내가 잘 몰라서 그런 거야. 미하일이 나보다 잘 알고 있을 테니 방해하지 말아야지.'

미하일은 가죽을 자르고 나서 한쪽을 잡고 꿰매기 시작했다. 그런데 장화가 아니라 덧신을 만들 때 하는 방식으로 꿰매는 게 아닌가.

이번에도 마트료나는 몹시 놀랐으나 끼어들지는 않았다. 미하일은 쉬지 않고 가죽을 꿰매었다.

정오가 되어 일한 것을 둘러 보던 세몬은 깜짝 놀랐다. 미하일이 신사의 가죽으로 덧신을 만들어 놓았던 것이다.

세묜이 속으로 비명을 질렀다.

'어떻게 이럴 수가 있지. 미하일은 1년 동안 한 번도 실수도 하지 않았어. 그런데 이제 와서 이런 잘못을 저지르다니! 신사 양반은 굽이 있는 장화를 주문했는데, 이 친구는 구두창도 없는 덧신을 만들어 버렸어. 가죽을 망쳐 놓았으니 이 일을 어쩌지? 이런 가죽은 구할 수도 없는데 말이야.'

세묜이 미하일에게 말했다.

"여보게, 도대체 무슨 짓을 해 놓은 건가? 아주 나를 죽이려고 작정을 했군. 나리께서 장화를 주문했는데 자넨 뭘 만들어 놓은 거야?"

세묜이 미하일에게 막 퍼부어 대려는데 '덜그럭' 하고 문고리 소리가 나더니 누군가 문을 두드렸다. 창문으로 내다보니 어떤 사람이 타고 온 말을 붙들고 있었다. 그 사람은 바로 신사의 하인이었다.

"안녕하십니까?"

"아니, 무슨 일인가요?"

"마님께서 장화 문제로 보내서 왔습니다."

"무슨 문제라도 있나요?"

"네, 우리 나리께는 이제 장화가 필요 없게 되었습니다. 돌아가

셨거든요."

"아니, 뭐라고요?"

"여기서 댁으로 가는 길에 마차에서 그만 돌아가셨습니다. 집에 도착해 내려 드리려고 가 보니, 나리께서 짐짝처럼 뒹굴고 계시지 뭡니까. 이미 숨을 거두셨더군요. 나리를 간신히 마차에서 끌어내렸지요. 마님께서 저를 보더니, 이제 장화는 필요 없으니 맡겨 놓은 가죽으로 죽은 사람에게 신기는 덧신을 서둘러 만들라고 전하라 하셨습니다. 비싼 가죽이라서 덧신을 만들고 남은 가죽은 마님의 짧은 장화를 만들겠으니 돌려보내라고 하시면서, 저보고 기다렸다가 다 만들거든 직접 가지고 오라고 하셨습니다. 그래서 제가 온 것입니다."

미하일이 탁자 위에 있던 남은 가죽을 집어 들고 둥글게 말더니, 이미 만들어 놓은 덧신을 탁탁 털어 앞치마로 깨끗이 닦은 후 하인에게 건네주었다. 하인은 덧신을 받아 들고 인사를 했다.

"여러분, 안녕히 계세요! 잘 지내십시오!"

8.

다시 한 해, 또 한 해가 흘러 미하일이 세묜의 집에 온 지 6년째가 되었다. 여전히 그는 아무 데도 가지 않았고 쓸데없는 말도 하지 않았다. 6년 동안 그가 웃은 적은 딱 두 번뿐이었다. 한 번은 세몬의 아내가 저녁을 차려 주었을 때였고, 또 한 번은 신사를 보았을 때였다. 세몬은 자신의 조수가 무척이나 기특했다. 이젠 더 이상 그가 어디서 왔는지 물어보지도 않았고, 다만 그가 자신을 떠나지나 않을까 걱정할 뿐이었다.

언젠가 식구들이 모두 집에 있는 날이었다. 세몬의 아내는 벽난로에 냄비를 올려놓고, 아이들은 의자에 앉아 창밖을 내다보고 있었다. 세몬은 창가에서 구두를 꿰매고, 미하일은 다른 창가에서 구두 뒤축을 두들기고 있었다.

사내아이 하나가 의자를 넘어와 미하일의 어깨를 흔들고는 창밖을 내다보며 말했다.

"미하일 아저씨, 저기 좀 봐요. 어떤 아주머니가 여자애들을 데리고 우리 집으로 오고 있어요. 그런데 한 여자애는 절름발이예요."

사내아이의 말이 떨어지자마자 미하일은 하던 일을 멈추고 창문 밖 거리를 내다보았다.

세몬은 무척 놀랐다. 이제껏 미하일은 창밖 거리를 내다본 적이 한 번도 없었다. 그런데 지금은 창에 바짝 기대어 무언가를 유심히 쳐다보고 있는 것이 아닌가. 세몬이 창밖을 내다보니 깨끗하게 차려입은 한 부인이 모피 외투를 입고 두꺼운 목도리를 두른 두 여자아이의 손을 잡고 자신의 집 쪽으로 오는 것이 보였다. 여자아이들은 서로 꼭 닮아서 구분할 수 없을 정도였다. 다만 한 여자아이가 다리를 조금 절며 걷고 있었다.

부인은 바깥 계단을 올라와 현관 문을 열었다. 그러고는 먼저 두 여자아이를 들여보내고 자신도 집 안으로 들어왔다.

"안녕하세요!"

"어서 오십시오. 어떻게 오셨는지요?"

부인이 의자에 걸터앉자, 두 아이는 사람들을 낯설어하며 엄마의 무릎에 기대었다.

"우리 애들이 봄에 신을 가죽 구두가 필요해서요."

"만들어 드리지요. 그렇게 작은 구두를 만들어 본 적은 없지만, 얼마든지 만들 수 있습니다. 굽이 있는 것도 되고 천을 대어 접는 것도 가능합니다. 여기 있는 미하일이 전문가랍니다."

그러면서 세몬이 미하일 쪽을 쳐다보니, 그는 하던 일을 팽개치고 여자아이들에게서 눈을 떼지 못하고 있었다.

세몬은 내심 깜짝 놀랐다. 물론 여자아이들은 눈이 까맣고 뺨이 통통하고 발그스레해서 무척 귀여웠다. 또한 값비싼 모피 외투와 목도리를 걸치고 있었다. 그러나 미하일이 마치 아는 아이들인 것처럼 유심히 바라보는 이유를 세몬은 도무지 이해할 수 없었다.

세몬은 부인과 흥정을 하기 위해 이야기를 나누었다. 흥정을 마치고 치수를 잴 차례가 되었다. 다리를 저는 여자아이를 자신의 무릎 위에 올리며 부인이 말했다.

"여기 이 아이의 양쪽 발을 재면 돼요. 불편한 발 크기로 한 짝, 성한 발 크기로 세 짝을 만들면 돼요. 두 아이의 발 크기가 아주 꼭 같거든요. 쌍둥이랍니다."

세묜은 치수를 재고 나서 다리가 불편한 여자아이를 가리키며 물었다.

"이 아이는 어쩌다가 이렇게 되었습니까? 참 귀여운 아인데. 날 때부터 그랬나요?"

"아뇨, 이 아이 엄마에게 눌려서 이렇게 되었답니다."

그럼 부인은 누구이며 아이들은 또 누구의 자식인지 궁금해진 마트료나가 끼어들었다.

"그럼 부인은 이 아이들의 엄마가 아닌가요?"

"나는 엄마도 아니고 친척도 아니에요. 남의 집 아이들을 데려다가 키우는 거랍니다."

"친자식들도 아닌데 어쩜 그렇게 예뻐할 수가 있을까!"

"내 젖을 물려 키웠는데 어떻게 예뻐하지 않을 수가 있겠어요. 내가 낳은 아이도 있었지만 하나님께서 데려가셨죠. 그래도 이 아이들만큼 예뻐하지는 않았답니다."

"그럼 이 아이들은 누구의 자식인가요?"

9.

부인은 이야기를 풀어 놓기 시작했다.

"6년쯤 전의 일이에요. 태어난 지 일주일도 안 돼 이 아이들은 고아가 되었답니다. 아이들의 아빠는 화요일에, 엄마는 금요일에 장례를 치렀으니까요. 아빠는 아이들이 태어나기 3일 전에 죽고, 엄마는 아이들을 낳은 후 하루도 못 살고 죽은 거죠. 그때 나는 남편과 농사를 지으며 살고 있었는데, 아이들의 부모와는 마당을 마주 보며 사는 이웃이었어요. 아이들의 아빠는 거들어 주는 사람도 없이 혼자 숲에서 나무 베는 일을 하며 살았는데, 어느 날 나무가 쓰러지면서 덮쳐 배를 눌러 버렸어요. 간신히 집으로 옮겨 오자마자 세상을 떠 버렸는데, 바로 그 주에 이 아이들이 태어났어요. 아이 엄마는 해산을 거들어 줄 노파나 아주머니도 없이, 혼자서 아이들을 낳고는 죽고 말았죠. 다음 날 아침 내가 아이들 엄마를 보기 위해 그 집으로 갔을 때는 이미 싸늘한 주검이 되어 있었어요. 그런데 엄마가 죽으면서 이 아이를 덮치는 바람에 그만, 아이 다리가 눌려서 못 쓰게 되었답니다. 마을 사람들이 모여 시신을 깨끗이 닦고 수의를 입히고 관을 짜서 장례를 치렀어요. 모두 착한 사람들이었지요. 이제 아이들만 남았는데 어떻게 해야 하나 걱정들을 했어요. 그때 마을 여자들 중에서 나만 태어난 지 8주 된 아들에게 젖을 물리고 있었죠. 그래서 내가 잠깐 아이들을 맡기로 했지요.

마을 사람들이 아이들을 어디로 보낼까 하는 문제로 의논을 하더니 내게 '마리아, 우리가 해결책을 마련할 때까지 당신이 아이들을 맡아 주었으면 해요'라고 하더군요. 처음에 나는 성한 아이에게만 젖을 먹이고 다리를 못 쓰게 된 아이에겐 젖을 먹이지 않았어요. 살 거라는 기대를 하지 않았던 거죠. 그런데 천사의 영혼이라도 찾아왔는지, 갑자기 이 아이가 불쌍하게 여겨졌어요. 그래서 이 아이에게도 젖을 먹였죠. 친아들과 이 아이들, 세 아이에게 젖을 먹인 거지요. 아직 나이도 젊고 기운도 있고 먹을 것도 넉넉해서 상관없었죠. 게다가 하나님의 은총으로 젖은 흘러넘칠 정도로 충분했어요. 두 아이에게 젖을 먹이면 세 번째 아이가 기다리고 있어서, 한 아이가 젖꼭지를 놓는 대로 다음 아이에게 물리곤 했죠. 그런데 하나님의 뜻대로 두 아이는 잘 커 갔는데, 내가 낳은 아이는 두 해를 못 넘기고 그만 죽고 말았어요. 그러곤 하나님께서 더 이상 아이를 주시지 않더군요. 그 뒤 살림살이는 점차 나아졌고, 지금은 마을 상인의 제분소에서 일하며 살고 있어요. 월급도 많아져 사는 형편도 넉넉해졌지만, 아이는 더 이상 생기지 않더군요. 정말 이 아이들이 없었다면 얼마나 쓸쓸했을지! 그러니 이 아이들이 얼마나 예쁘겠어요! 이 아이들은 내게 촛불과도 같은 소중한 존재랍니다."

  말을 마친 부인은 한 손으로 다리를 못 쓰게 된 아이를 끌어안고 다른 한 손으로는 뺨에 흐르는 눈물을 닦아 냈다.

마트료나가 한숨을 지으며 말했다.

"부모 없이는 살아도 하나님 없이는 못 산다는 옛말이 하나도 그르지 않군요."

이런저런 얘기를 나누고 있는데, 갑자기 미하일이 앉아 있는 구석 쪽에서 한줄기 빛이 번쩍였다. 모두 놀라 그쪽을 돌아다보니, 미하일이 두 손을 무릎 위에 포개고 앉아서 위를 쳐다보며 웃고 있었다.

10.

부인이 아이들을 데리고 나가자 세몬 부부는 그들을 배웅하고 돌아왔다.

무슨 일인지 물어보려고 세몬이 미하일에게 다가갔다.

그러자 미하일은 일감을 내려놓고 의자에서 일어나 앞치마를 벗더니 세몬 부부에게 고개 숙여 인사를 했다.

"아주머니, 아저씨, 안녕히 계세요. 이제 하나님께서 저를 용서하셨습니다. 그러니 두 분도 저를 용서해 주시길 바랍니다."

세몬 부부는 미하일에게서 빛이 퍼져 나오고 있는 모습을 보았다. 세몬은 미하일에게 고개를 숙여 인사했다.

"미하일, 자네가 보통 인간은 아닌 모양이니 붙잡을 수도 없고 이것저것 캐물을 수도 없겠군. 다만 한 가지만 말해 주게. 내가 자네를 발견하여 집으로 데리고 왔을 때 자넨 무척 침울한 표정이었는데, 아내가 저녁을 차려 주자 웃음을 짓더니 그 뒤로는 한층 밝은 표정이었네. 또 부자 신사가 장화를 주문했을 때 자넨 두 번째로 웃더니 그 뒤로는 더욱 밝아졌네. 그리고 부인이 여자아이들을 데리고 왔을 때 자넨 세 번째로 웃었고 완전히 밝아졌네. 무슨 까닭인가? 왜 자네에게서 빛이 나오는지, 그리고 왜 세 번 웃음을 지었는지 말해 주게."

미하일이 대답했다.

"제게서 빛이 나오는 이유는 하나님께서 저를 용서해 주셨기 때문입니다. 그리고 제가 세 번 웃은 이유는 하나님의 세 가지 말씀을 이해했기 때문입니다. 첫 번째 말씀은 아주머니께서 저를 불쌍히 여겼을 때 깨달았고, 두 번째 말씀은 부자 신사가 장화를 주문했을 때 깨달았고, 그리고 여자아이들을 보았을 때 마지막 말씀을 깨닫게 되어 세 번 웃었던 것입니다."

세몬이 물었다.

"미하일, 하나님께서 무슨 이유로 자네를 벌하신 건가?"

"그건 제가 하나님의 말씀을 거역했기 때문입니다. 원래 저는 하늘나라의 천사였습니다. 제가 하늘나라에서 천사로 있을 때 하나님께서 어느 여인의 영혼을 거두어 오라고 저를 보내셨습니다. 여자에게 가 보니 쌍둥이 여자 아기를 낳고 쇠약한 몸으로 누워 있었습니다. 아기들은 엄마 곁에 있었는데, 아기 엄마는 젖을 물릴 힘조차 없었습니다. 그 여인은 저를 보자 울면서 말했습니다. '천사님! 남편이 숲에서 나무에 깔려 죽어 장례를 치른 지 얼마 되지 않았습니다. 제겐 자매나 친척도 없어 아이들을 키워 달라고 맡길 곳도 없습니다. 그러니 제발 이 아이들이 스스로 살 수 있을 때까지 제 손으로 먹이고 키울 수 있게 해 주세요. 어린아이들은 부모 없이 살지 못하잖아요!' 저는 그 여자의 간청을 받아들였습니다. 그래서 한 아기는 젖을 물리고 다른 아기는 그녀의 팔에 안겨 준 후 하늘나라로 돌아갔습니다. 저는 하나님께 가서 말했습니다. '저는 여인의 영혼을 거두어 올 수 없었습니다. 남편은 나무에 깔려 죽었고, 쌍둥이를 낳은 여인은 제발 아기들이 스스로 살 수 있을 때까지 자기 손으로 먹이고 키울 수 있도록 해 달라고 간청을 했습니다. 저는 차마 그녀의 영혼을 거두어 오지 못했습니다.' 그러자 하나님께서 말씀하셨습니다. '가서 여인의 영혼을 거두어 오너라! 그리고 사람 안에 무엇이 있는가, 사람에게 허락되지 않은 것은 무엇인가, 사람은 무엇으로 사는가, 이 세 가지를 깨닫도록 해라. 그것을 깨달으면 하늘나라로 돌아올 수 있을 것이다.' 그래서 저는 다시 지상으로 내려와 여인의 영혼을 거두었습니다. 그때 아기들은 엄마에게서 떨어져 있었으나, 시신이 침대 위에서 쓰러지며 한 아기를 덮치는 바람에 다리를 못 쓰게 된 것입니다. 저는 하나님께 영혼을 가져다 바치려고 마을 위로 날아올랐는데, 갑자기 강풍이 몰아쳐 날개를 휘감더니 제 몸을 내동댕이치고 말았습니다. 그래서 여인의 영혼만 하나님께로 가고 저는 땅으로 떨어져 길바닥에 쓰러져 있었던 것입니다."

11.

그제야 세몬과 마트료나는 자신들이 입히고 먹인 사람이 누구인지, 자신들과 함께 살았던 사람이 누구인지 깨닫고 두려움과 기쁨의 눈물을 흘렸다.

천사가 말했다.

"저는 알몸인 채로 들판에 홀로 버려졌습니다. 사람이 무엇을 필요로 하는지, 추위나 배고픔이 무엇인지 몰랐던 제가 사람이 되었습니다. 저는 배고픔과 추위에 떨며 어찌할 바를 몰랐습니다. 그러다 문득 들판에 서 있는 하나님의 교회를 발견하고 그쪽으로 다가갔습니다. 교회는 자물쇠로 잠겨 있어 안으로 들어갈 수 없었습니다. 전 바람을 피하기 위해 교회 뒤편으로 가서 웅크리고 앉았습니다. 날이 저물자 배도 고픈데 몸도 꽁꽁 얼어붙어 기력이 없었습니다. 그때 갑자기 어떤 사람이 혼잣말을 중얼거리며 걸어오는 소리가 들렸습니다. 그때 저는 사람이 된 후 처음으로 언젠가는 죽게 될 사람의 얼굴을 보았습니다. 그 얼굴이 너무 무서워 저는 돌아앉았습니다. 그 사람은 이 엄동설한에 무엇을 입을 것인지 또 아내와 아이들은 어떻게 먹여 살려야 할 것인지 중얼거리고 있었습니다. 저는 생각했습니다. '나는 추위와 배고픔으로 죽어가고 있는데, 저 사람은 오직 제 몸과 자기 가족을 위해 어떻게 먹고 살지만 생각하는구나. 나를 도와줄 사람이 아니야.' 그 사람은 저를 보자 얼굴을 찡그리더니 더 무서운 얼굴을 하고 지나쳐 갔습니다. 저는 실망했습니다. 그런데 잠시 후 그 사람이 돌아오는 소리가 들렸습니다. 그를 쳐다보고 저는 방금 전 그 사람인지 알아볼 수 없었습니다. 방금 전 그의 얼굴에는 죽음의 그림자가 드리워 있었는데, 다시 나타난 그는 생기가 넘쳤고 얼굴에서 하나님의 모습이 보였습니다. 그는 내게 오더니 옷을 입혀 주고 자신의 집으로 데려갔습니다. 집에 도착하니 마중 나온 그의 아내가 뭐라고 떠들기 시작하는데, 남편보다 더 무서웠습니다. 그녀의 입에서는 죽음의 기운이 뿜어져 나왔고, 저는 죽음의 냄새로 숨을 쉴 수조차 없었습니다. 그녀는 저를 추운 길바닥으로 쫓아내고 싶어 했지만, 만약 저를 내쫓았다면 그녀는 죽음을 피할 수 없었을 것입니다. 그런데 문득 남편이 그녀에게 하나님을 언급하자 갑자기 그녀는 다른 사람이 되었습니다. 저녁을 차려 주며 저를 쳐다보는 그녀의 얼굴에는 어느새 죽음의 그림자가 사라지고 생기가 넘쳤습니다. 저는 그 안에 하나님이 계신 것을 알게 되었습니다. 그때 저는 '사람 안에 무엇이 있는가'라고 하신 하나님의 말씀이 떠올랐습니다. 저는 사람 안에 사랑이 있다는 사실을 깨달았습니다. 그리고 '하나님께서 제게 약속하신 일을 계시해 주시는구나' 하는 생각에 기뻐 처음으로 웃었습니다. 그러나 저는 사람에게 허락되지 않은 것은 무엇이며, 사람은 무엇으로 사는지는 여전히 알 수가 없었습니다. 여기에 살면서 1년의 시간이 흘렀습니다. 그러던 어느 날 한 부자가 찾아와 1년을 신어도 찢어지거나 비틀어지지 않는 장화를 만들라고 주문하였습니다. 그 사람을 쳐다보다가 저는 그의 어깨 너머로 죽음의 천사가 서 있는 것을 보았습니다. 저 이외에는 누구도 그 천사를 보지 못했습니다. 저는 해가 저물면 천사가 부자의 영혼을 거두어 가리라는 사실을 알았습니다. 저는 생각했습니다. '오늘 저녁의 일도 알지 못하면서 인간은 1년 뒤의 일을 욕심내는구나.' 그때 '사람에게 허락되지 않은 것은 무엇인가'라고 하신 하나님의 말씀이 떠올랐습니다. 사람 안에 무엇이 있는지는 이미 알았고, 이제 사람에게 허락되지 않은 것은 무엇인지를 깨달았습니다. 그것은 자신의 육신을 위해 무엇이 필요한지 아는 것입니다. 저는 두 번째로 웃을 수 있었습니다. 동료였던 천사를 본 것과 하나님께서 두 번째 계시를 주셨다는 사실에 무척 기뻤습니다. 그러나 여전히 사람은 무엇으로 사는지는 알 수가 없었습니다. 그래서 저는 하나님께서 마지막 말씀에 대한 계시를 주시기를 계속 기다렸습니다. 여섯 해가 된 어느 날, 한 부인이 쌍둥이 여자아이들을 데리고 왔습니다. 저는 그 아이들을 알아보았고, 그 아이들이 부모 없이도 살아남았음을 알게 되었습니다. 그리고 '여인이 아이들을 봐서라도 살려 달라고 했을 때, 나는 그 말을 믿어 어린 아이들은 부모 없이 살 수 없다고 생각했었지. 그런데 이 아이들과 상관도 없는 여인 손에서 잘 자라고 있지 않은가'라는 생각이 들었습니다. 더구나 그 부인은 친자식이 아님에도 그 아이들의 처지를 안타까워하며 눈물을 흘렸습니다. 저는 그 부인 안에 살아 계신 하나님을 보았고, 사람은 무엇으로 사는지 깨닫게 되었습니다. 그래서 저는 하나님께서 마지막 말씀에 대한 계시를 주셨고, 또한 저를 용서해 주셨다는 것을 알고 세 번째로 웃었습니다."

12.

그 순간 미하일은 도저히 쳐다볼 수 없을 정도로 밝은 빛에 온 몸이 둘러싸인 천사의 모습으로 바뀌어 나타났다. 미하일의 목소리는 스스로 말하는 것이 아니라 마치 하늘에서 울려오는 것 같았

다.

"이제 저는 사람이 자신만을 걱정하는 마음으로 살아가는 것이 아니라 사랑으로 살아간다는 것을 깨달았습니다. 아이들에게 무엇이 필요한지 아는 것은 아이들의 엄마에게 허락되지 않았습니다. 부자에게도 자신에게 무엇이 필요한지 아는 것은 허락되지 않았습니다. 저녁이 될 무렵에 산 자를 위한 장화가 필요하게 될지, 죽은 자를 위한 덧신이 필요하게 될지에 대해 아는 것 역시 그 누구에게도 허락되지 않았습니다. 제가 사람으로 지내면서 살아남을 수 있었던 것도 어떻게 살아갈지 걱정했기 때문이 아니라, 제 곁을 지나가던 사람과 그 아내에게 사랑이 있어서였지요. 그들이 저를 불쌍히 여겨 사랑을 베풀어 주었기 때문에 전 살 수 있었습니다. 부모를 잃은 아이들이 살아남을 수 있었던 것도 아이들을 어떻게 해야 할지 걱정을 해 주었기 때문이 아니라, 한 여인 안에 사랑이 있어 아이들을 불쌍히 여겨 사랑을 베풀었기 때문입니다. 또한 모든 사람이 살아가는 이유도 그들 스스로 자신을 걱정해서가 아니라 사람 안에 사랑이 있기 때문입니다. 저는 사람이 살아가도록 하나님께서 생명을 주셨다는 것을 이미 알고 있었습니다. 이제 저는 한 가지를 더 알게 되었습니다. 하나님께서 사람들이 서로 떨어져 사는 것을 원치 않으셨기에 자신들에게 필요한 것이 무엇인지 아는 것을 허락하지 않으셨습니다. 하나님은 서로 더불어 살아가기를 원하셨기에 모든 사람에게 필요한 것을 주셨습니다. 사람들은 자신에 대해 걱정하면서 살아가고 있다고 여깁니다. 그러나 사람들은 사랑 하나만으로 살아가고 있음을 이제 알게 되었습니다. 사랑 안에 있는 자는 하나님 안에 있으며, 하나님이 그 안에 또한 함께하십니다. 왜냐하면 하나님은 사랑이시기 때문입니다."

천사 미하일이 하나님께 바치는 노래를 부르기 시작했다. 그러자 집이 흔들리더니 천장이 두 쪽으로 갈라지고 땅에서 하늘까지 불기둥이 솟아올랐다. 세몬과 그의 아내, 그리고 아이들은 바닥에 엎드렸다. 그러자 미하일의 등에서 날개가 펼쳐지더니 천사는 하늘나라로 날아올랐다.

세몬이 정신을 차렸을 때 이미 집은 원래의 모습으로 돌아와 있었고, 집 안에는 가족들 외엔 아무도 없었다.

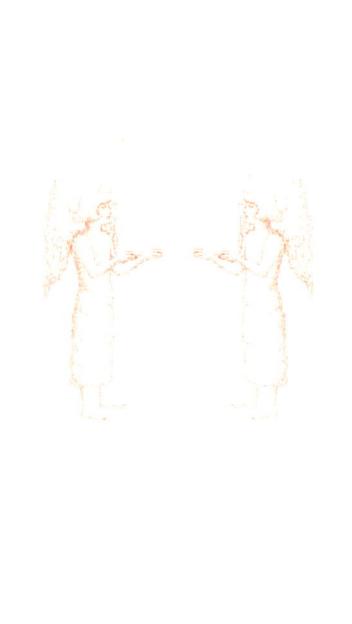

사람에게 땅은 얼마나 필요한가

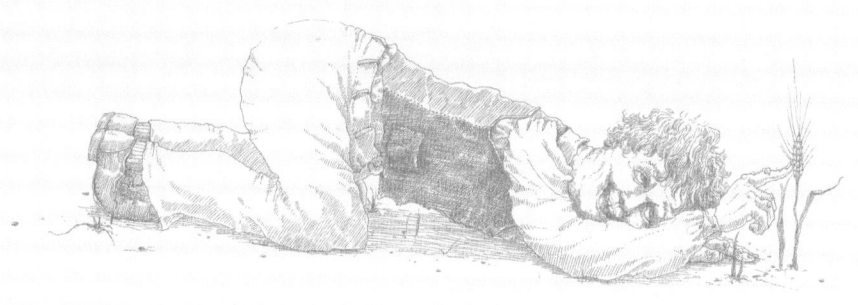

파홈의 눈에 언덕 위에서 손을 흔들며 빨리 오기를 재촉하는 사람들이 보였다.
땅 위에 놓인 여우 가죽 모자와 그 속에 든 돈도 보였다.
촌장은 땅바닥에 앉아 양손으로 배를 움켜잡고 있었다.
그 순간 파홈은 꿈 생각이 떠올랐다.
'땅은 많이 차지하겠지만 하나님께서 나를 그곳에 살도록 해 주실까?
아, 내가 스스로 나를 망치고 말았어. 도저히 달릴 수가 없어.'

1.

　도시에 사는 언니가 시골에 사는 여동생을 찾아왔다. 상인과 결혼한 언니는 도시에서 살았고, 농부와 결혼을 한 여동생은 시골에서 살고 있었다. 자매는 차를 마시며 이야기를 나누었다. 그러다가 언니가 자신의 도회지 삶을 뽐내며 얼마나 넓고 깨끗한 집에서 사는지, 얼마나 아이들에게 좋은 옷을 입히는지, 얼마나 잘 먹고 마시는지, 또 얼마나 자주 마차를 타고 놀러 다니거나 극장에 다니는지 등을 자랑하기 시작했다.

　여동생은 기분이 상해 상인의 삶을 깎아내리며 농부의 삶을 자랑하기 시작했다.

　"난 언니의 생활과 내 생활을 바꾸지는 않을 거야. 우리야 뭐 특별한 거 없이 평범하게 살긴 하지만, 그래도 걱정이란 게 없잖아. 하지만 도시에서는 좀 더 깨끗하게 산다지만, 장사라는 게 물건을 많이 팔아 이익이 생기지 않으면 망하기 십상이지. 그래서 '손해는 이익의 형님'이라는 속담도 있잖아. 오늘의 부자가 내일은 남의 집 처마 밑으로 가게 되기도 하지. 그런 걸 보면 우리 농사일이 더 안정적이라고 할 수 있지. 농사꾼의 배는 가늘고 길어서 부자는 못 되더라도 배불리 먹을 수는 있단 말이야."

그러자 언니가 말했다.

"소, 돼지와 같이 살면서 배만 부르면 뭘 하니! 옷을 근사하게 차려입을 수도 없고, 사람들과 교제도 할 수 없는걸! 네 남편이 아무리 열심히 일해도 결국은 거름통 속에서 살다가 죽겠지. 애들도 역시 마찬가지고."

"농사일이란 게 그런걸. 대신에 우린 안정된 삶을 누리잖아. 누구에게 머리를 숙일 일도 없고, 누굴 무서워할 필요도 없단 말이야. 그런데 언니 같은 도시 사람들은 온갖 유혹 속에서 살잖아. 오늘은 괜찮을지 모르지만 내일은 악마에게 홀리게 될지 모르니 조심해야 해. 형부만 해도 그렇지, 노름이나 술이나 여자의 유혹에 빠지게 될지 누가 알겠어. 그렇게 되면 모든 게 다 허사야, 안 그래?"

여동생의 남편인 파홈이 벽난로 옆에서 자매가 떠드는 소리를 듣다가 말했다.

"당신 말이 옳아. 우리야 어렸을 때부터 땅만 파고 살아서 바보 같은 짓은 할 생각도 못 하지. 한 가지 아쉬운 점이 있다면 땅이 너무 적다는 거야! 땅만 충분하다면 나는 그 누구도, 심지어 악마

조차도 두렵지 않아!"

여자들은 차를 다 마신 뒤에 옷에 대해서 한참을 떠들고는 그릇을 치우고 잠자리에 들었다.

마침 악마가 벽난로에 숨어 앉아 있다가 그들이 하는 얘기를 모두 들었다. 그는 농부의 아내가 남편으로 하여금 땅만 있으면 악마도 두렵지 않다는 호언장담을 하게 만든 것이 매우 기뻤다.

'그래, 어디 두고 보자. 내가 너에게 땅을 듬뿍 주지. 땅으로 널 굴복시키고 말겠어.'

2.

그리 크지 않은 농장을 가진 여지주가 근처에 살고 있었다. 그녀가 소유한 땅은 120데샤티나✢ 정도 되었다. 지금껏 그녀는 농부들을 괴롭히지 않고 사이좋게 지내 왔다. 그런데 한 퇴역 군인이 농장 관리인으로 고용되어 오더니 과한 벌금을 물리며 농부들을 괴롭히기 시작했다. 파홈이 아무리 조심해도 말이 지주의 귀리밭에 뛰어들었다든지, 암소가 지주의 앞마당에 들어갔다든지, 송아지가 지주의 목초지에 들어갔다든지 하면 모두 벌금을 물리는 것

✢ 데샤티나 : 러시아의 토지 면적 단위로, 1데샤티나는 약 1.092헥타르다.

이었다. 벌금을 물 때마다 파홈은 가축들을 나무라며 채찍을 휘둘렀다.

여름 내내 파홈은 농장 관리인 때문에 곤란을 겪었다. 가을이 되어 가축들을 축사에 들이고서야 그의 마음이 좀 가벼워졌다. 사료는 아까웠지만 그래도 걱정거리가 없어졌기 때문이다.

겨울이 되자 여지주가 땅을 팔려고 하는데 그 땅을 농장 관리인이 사려고 한다는 소문이 돌았다. 농부들이 그 소문을 듣고 '농장 관리인이 땅을 사면 여지주보다 훨씬 더 많은 벌금을 물릴 텐데, 우리 모두 여지주의 소유지 안에 살고 있으니 그 땅 없이는 살 수 없다'며 탄식을 했다. 그래서 농부들은 단체로 여지주를 찾아가 농장 관리인에게 땅을 팔지 말고 자기들에게 팔라고 사정을 했다. 더 비싼 값으로 사겠다고 하자 여지주는 승낙을 했다. 농부들은 조합을 만들어 땅을 전부 사들이기로 했고, 몇 번 모이기도 하였으나 일이 뜻대로 성사되지 않았다. 악마가 남몰래 훼방을 놓아 의견을 모을 수가 없었던 것이다.

할 수 없이 농부들은 각기 자신이 가진 돈만큼 개별적으로 땅을 사기로 했고, 여지주도 동의하였다. 파홈은 이웃 농부가 땅값을 1년 안에 반씩 나누어 내기로 하고 여지주에게서 20데샤티나의 땅을 샀다는 얘기를 들었다. 파홈은 그가 부러웠다. 한편으론 이러다가 남들이 땅을 모조리 사 버려 자신은 하나도 살 수 없을지도 모른다는 생각이 들었다. 파홈은 아내와 상의를 했다.

"모두 땅을 사는데 우리도 10데샤티나 정도는 사야지. 그러지 않으면 농장 관리인이 벌금으로 몽땅 뺏어 갈 테니 어디 살 수 있겠어?"

두 사람은 어떻게 하면 땅을 살 수 있을지 궁리를 했다. 그리고 그동안 모아 놓은 돈 100루블에다 망아지 한 마리와 벌꿀 반 통을 판 돈, 아들을 머슴살이 보내 받은 돈, 동서에게 빌린 돈 등을 합쳐 땅값의 절반을 마련했다.

돈을 마련한 파홈은 작은 숲이 딸린 15데샤티나의 땅을 돌아본 후 여지주를 찾아갔다. 15데샤티나에 대한 땅값을 흥정하고, 계약이 성사되어 선금을 지불했다. 그런 다음 시내로 가서 매매 수속을 끝냈는데, 땅값은 먼저 절반만 주고 나머지는 2년 안에 갚기로 했다.

이렇게 해서 파홈은 땅을 갖게 되었다. 그는 씨앗을 구해 사들인 땅에 뿌렸다. 농사가 잘돼 1년 만에 여지주와 동서에게 진 빚을 모두 갚았다. 마침내 그는 완전한 땅 주인이 되었다. 자신의 땅을 경작해서 씨를 뿌리고, 자신의 땅에서 꼴을 베고, 자신의 땅에서 땔감을 구하고, 자신의 땅에서 가축들을 길렀다. 달구지를 타고 영원히 자신의 소유가 된 땅을 경작하러 갈 때나, 땅에서 싹이 오르는 모습, 가축들이 맘 놓고 풀을 뜯을 수 있는 목초지를 볼 때면 마음이 아주 흡족했다. 마치 자기 땅에는 다른 집들과는 전혀 다른 풀과 꽃이 자라는 것처럼 여겨졌다. 전에도 늘 지나다니던 땅이었지만 이제는 완전히 다른 땅이 된 것 같았다.

3.

 이렇듯 파홈은 즐거운 삶을 살고 있었다. 그러나 이웃 농부들이 자꾸 파홈의 밀밭과 목초지를 망가뜨렸다. 파홈이 간곡히 부탁을 해 보았지만 소용이 없었다. 암소들이 목초지에 들어간다든지, 방목장에서 나온 말들이 밀밭에 들어간다든지 하는 일들이 끊임없이 계속되었다. 처음에 파홈은 쫓아내기만 하고 그냥 봐주었으나, 나중에는 그만 넌더리가 나서 마을 재판소에 고발을 했다. 땅이 좁다 보니 그런 것이지 마을 농부들이 일부러 그런 건 아닌 줄 알고는 있었지만, 한편으로 이런 생각도 들었다.

 '더 이상 놔둬서는 안 되겠어. 모두 망가뜨리고 말 거야. 이번에 혼 좀 내 주어야지.'

 그는 한 농부를 고발했고 얼마 있다가 다른 농부를 또 고발했다. 첫 번째 사람과 두 번째 사람 모두 벌금을 물어야 했다. 그러자 이웃 농부들이 앙심을 품고 파홈의 땅을 고의로 망가뜨리기 시작했다.

 그러던 어느 날, 어떤 사람이 밤에 몰래 파홈의 숲에 들어가 수십여 그루의 보리수나무 껍질을 벗겨 버렸다. 파홈이 숲을 지나가다가 뭔가 허연 것이 눈에 띄어 가까이 가 보았다. 그랬더니 보리수나무 줄기들이 껍질이 벗겨진 채 바닥에 떨어져 있고, 몸통이 잘린 그루터기들이 사방에 보였다. 숲 가장자리만 베든지 아니면 한 그루라도 남겨 놓았어야 할 텐데, 나무들은 한 그루도 남김없이 깡그리 베어져 있었다. 화가 치밀어 오른 파홈은 누가 이런 짓을 했는지 알아내 앙갚음을 하리라 마음먹었다.

파홈은 곰곰이 생각한 끝에 숌카가 아니면 그런 짓을 할 사람이 없다고 판단했다. 그래서 그의 집 마당을 뒤져 보았으나 아무것도 찾지 못했다. 둘은 서로 욕지거리를 퍼부으며 싸웠고, 파홈은 그 일로 숌카가 한 짓임을 더욱 확신하게 되었다. 파홈은 숌카를 고발했고, 두 사람은 법정으로부터 호출 명령을 받았다. 하지만 수차례의 재판 끝에 증거가 없다는 이유로 숌카는 무죄를 선고받았다. 한층 약이 오른 파홈은 마을 촌장과 재판관들에게 욕설을 퍼부어 댔다.

"왜 도둑놈 편을 드는 거야? 당신들이 올바르게 사는 사람들이라면 도둑놈을 풀어 주는 일 따위는 하지 않겠지."

파홈이 재판관들과 이웃 사람들을 상대로 계속 말다툼을 벌이자 사람들은 그의 집에 불을 질러 버리겠다고 위협했다. 결국 그는 넓은 땅을 가졌으나 더 좁은 세상에서 살게 되었다.

이즈음 마을에는 사람들이 새로운 땅을 찾아 옮겨 가고 있다는 소문이 돌았다.

파홈은 생각했다.

'나야 내 땅을 떠날 이유가 없지. 여기 사람들 중 누군가 떠난

다면 이곳 땅도 더 넓어지지 않겠어? 그럼 그 땅을 사서 인근의 땅을 모두 내 것으로 만드는 거야. 그럼 사는 것도 더 나아지겠지. 지금은 너무 좁단 말이야.'

어느 날 파홈의 집에 지나가던 한 농부가 들렀다. 파홈은 그를 먹여 주고 재워 주고 얘기도 나누었다. 어디서 왔냐고 물었더니 아래쪽 볼가강 너머에서 일을 했었다고 했다. 계속 대화가 오가던 중, 농부는 자기가 있던 지역으로 지금 많은 사람이 옮겨 가고 있다고 말했다. 그리로 이주해 간 사람들은 마을 조합에 가입하기만 하면 1인당 10데샤티나의 땅을 분할받을 수 있다고 일러 주었다.

"땅이 얼마나 비옥한지 호밀을 심으면 말도 보이지 않을 만큼 높이 자랍니다. 씨 다섯 줌을 뿌리면 노적가리✢ 한 더미의 수확이 날 정도로 무성하게 자라지요. 어느 가난한 사람은 빈손으로 왔다가 지금은 말 여섯 필과 암소를 두 마리나 가지게 되었죠."

농부의 얘기를 듣고 파홈은 흥분했다.

'그래, 잘살 수만 있다면 이렇게 비좁은 땅에서 궁상을 떨 필요가 없지. 여기 땅과 집을 모두 팔아 버리고 그 돈으로 거기서 새로 시작하는 거야. 이 좁은 땅에서는 골치만 아플 뿐이야. 내가 직접 알아봐야겠어.'

✢ **노적가리** : 한데에 쌓아 둔 곡식의 더미.

여름이 되자 파홈은 채비를 하고 길을 떠났다. 볼가강을 따라 사마라까지 배를 타고 내려간 다음 400베르스타[+] 정도를 걸었다. 이윽고 목적지에 도착했다. 모든 것이 들은 그대로였다. 그곳 사람들은 1인당 10데샤티나의 땅을 할당받아 쾌적한 삶을 누리고 있었고, 누구든지 기꺼이 조합에 가입시켜 주었다. 뿐만 아니라 돈이 있는 사람은 할당받은 땅 외에도 원하는 만큼 영원히 자기 소유가 되는 땅을 살 수 있었다. 그것도 제일 좋은 땅을 3루블의 가격으로 원하는 만큼 말이다!

꼼꼼하게 알아본 파홈은 집으로 돌아와 가을 무렵에 가지고 있던 것을 모두 내다 팔기 시작했다. 좋은 가격으로 땅을 팔고 집과 가축들도 팔았다. 그런 뒤 마을 조합에서 탈퇴하고 봄이 되기를 기다렸다가 가족들을 데리고 새로운 땅으로 떠났다.

4.

가족들과 새 땅을 찾아온 파홈은 먼저 마을 조합에 가입했다. 마을 노인들에게 술을 대접하고 필요한 서류를 모두 준비했다. 마을 사람들은 파홈을 받아 주었고, 그의 다섯 식구 몫으로 목장 외

[+] 베르스타 : 구 러시아의 거리 단위로, 1베르스타는 약 1,067미터다.

에도 50데샤티나의 땅을 나눠 주었다. 파홈은 집을 짓고 가축을 키웠다. 그가 가진 땅은 이전의 세 배나 되었다. 곡식이 잘 자라서 생활은 전에 비해 열 배나 나아졌다. 경작지는 비옥해서 농사를 짓기에 좋았고, 가축들은 목초지에 원하는 만큼 키울 수 있었다.

처음에 집을 짓고 가축을 키울 때만 해도 파홈은 더할 나위 없이 행복했다. 그러나 살다 보니 다시 자기 땅이 좁게 여겨지기 시작했다. 첫해에 파홈은 밀 농사를 지었는데 수확이 좋았다. 그래서 밀 농사를 더 짓고 싶었지만 땅이 부족했다. 다른 땅이 있었지만 밀 농사에 적합하지 않았다. 이곳에서는 사람들이 풀밭이나 휴경지에 밀 농사를 짓는데, 한두 해 농사를 지으면 다시 풀이 자랄 때까지 묵혀 두어야 했다. 그러나 땅을 원하는 사람들이 많아 모두에게 원하는 만큼 땅이 돌아가지 않았고, 이 때문에 다툼이 벌어지기도 하였다. 부자들이야 직접 농사를 지었지만, 가난한 사람들은 상인들에게 세를 얻어 지어야 했다. 파홈은 농사를 좀 더 많이 짓고 싶었다.

이듬해 그는 한 상인을 찾아가 1년 동안 쓰기로 하고 땅을 빌렸다. 지난해보다 농사를 많이 지었고 풍작이었다. 그러나 그 땅이 마을에서 멀리 떨어져 있어 수확한 것을 15베르스타나 운반해야 했다.

파홈은 이 지역에서 상업과 농사를 겸하는 사람들이 땅 가까이에 집을 지어 살면서 재산을 모은다는 사실을 알게 되었다. 그도 그들처럼 자신이 소유한 땅 가까이에 집을 지어 살고 싶었고, 어떻게 하면 그렇게 할 수 있을까 궁리하기 시작했다.

파홈은 그렇게 3년의 세월을 보냈다. 땅을 빌려 밀을 심었는데 농사가 잘돼 휴경지를 얻을 돈을 마련할 수 있었다. 사는 것은 그런대로 괜찮았지만 매년 땅을 얻기 위해서 안달해야 하는 것이 귀찮았다. 좋은 땅이 나오기만 하면 사람들이 몰려드는 통에 농사지을 땅을 얻으려면 부지런을 떨어야 했다. 그러다 3년째가 되던 해, 한 상인과 절반씩 투자하여 마을 사람들에게서 목초지를 샀다. 그러나 겨우 개간을 마쳐 놓았는데 그만 마을 사람들끼리 시비가 붙어 재판을 벌이는 바람에 허사가 되고 말았다. 그는 자기 땅만 충분히 갖고 있어도 다른 사람에게 머리 숙일 필요가 없고 나쁜 일도 생기지 않을 거라고 생각했다.

파홈은 영원히 자기 소유가 될 수 있는 땅을 사기 위해 이리저리 알아보았다. 그러다 한 남자를 만났다. 그에겐 500데샤티나의 땅이 있는데 파산을 해서 헐값에 판다고 했다. 파홈은 그와 흥정 끝에 1,500루블에 사기로 합의를 보고, 땅값의 절반은 나중에 주기로 했다.

흥정이 거의 끝나갈 무렵, 지나가던 한 상인이 밥 한술 얻어먹자며 파홈의 집에 들렀다. 그들은 차를 마시며 이야기를 나누었다. 상인은 멀리 바슈키르에서 왔다고 했다. 그는 바슈키르인들에게서 1,000루블을 주고 5,000데샤티나나 되는 땅을 샀다고 했다. 파홈이 자세히 물어보자 그가 대답을 해 주었다.

"난 그저 노인들에게 잘해 주었지요. 옷과 양탄자 100루블 어치와 차 한 상자를 선물하고, 술을 좋아하는 사람들에게는 포도주를 대접했습니다. 그래서 1데샤티나에 20코페이카씩 주고 땅을 샀지요."

그는 땅문서를 보여 주었다. 땅은 개울을 끼고 있어 온통 풀이 나 있는 넓은 평원이라는 말도 덧붙였다.

파홈은 자초지종을 자세히 캐물었다.

"그곳 땅은 1년을 걸어도 다 돌아보지 못할 겁니다. 전부 바슈키르인들 땅인데, 사람들이 양처럼 순해서 거의 공짜로 땅을 얻을 수 있지요."

파홈은 그 말을 듣고 생각했다.

'그 말이 사실이라면 뭐 하러 내가 500데샤티나의 땅을 사는데 1,000루블도 모자라 빚까지 져야 하지? 그곳에서는 1,000루블이면 원하는 만큼 얼마든지 땅을 살 수 있는 것을!'

5.

파홈은 바슈키르로 가는 길을 자세히 물어보고 상인을 배웅한 후 떠날 채비를 했다. 집안일은 아내에게 맡기고 일꾼 한 사람을 데리고 길을 떠났다. 가는 길에 시내에 들러 상인이 일러 준 대로 선물로 줄 차 한 상자와 포도주 등을 샀다. 길을 재촉해 500베르스타나 떨어진 곳까지 걸었다. 떠난 지 일주일째, 파홈과 일꾼은 바슈키르인들의 유목지에 도착했다.

모든 것이 상인이 말한 그대로였다. 그곳 사람들은 시냇물이 흐르는 평원에 펠트 천막을 치고 살고 있었다. 그들은 농사도 짓지 않고 빵도 먹지 않았다. 평원에는 가축과 말들이 떼를 지어 다니고 망아지들은 천막 뒤편에 매어져 있었는데, 하루에 두 번씩 어미 말들을 망아지들이 있는 곳으로 끌고 왔다. 아낙네들이 암말의 젖을 짜 치즈를 만들었고, 남정네들은 차를 마시거나 양고기를 먹고 나무 피리를 불며 놀았다. 모두 얼굴에 기름기가 흐르고 쾌활했으며, 여름 내내 먹고 놀았다. 사람들은 러시아어를 할 줄 몰랐으나, 마음이 너그럽고 상냥했다.

파홈을 보자마자 바슈키르인들이 천막에서 몰려나와 그를 에워쌌다. 통역을 하는 사람이 파홈이 땅 문제로 왔다는 얘기를 전했다. 바슈키르인들은 반가워하며 가장 좋은 천막으로 파홈을 데리고 가서는 양탄자 위에 털방석을 깔고 앉힌 후 차와 마유를 대접했다. 양을 잡아 양고기도 실컷 먹게 해 주었다. 파홈은 타고 온 마차에서 선물을 꺼내 바슈키르인들에게 나누어 주었다. 포도주도 주고 차도 주었다. 바슈키르인들은 매우 즐거워했다. 그러고는 자기들끼리 한참을 떠들어 대더니 통역에게 뭐라고 말을 했다. 통역이 그 말을 전해 주었다.

"이분들이 말하기를, 당신이 마음에 든답니다. 그리고 여기 사람들에게는 선물을 받으면 답례를 하는 관습이 있는데, 당신이 선물을 주었으니 그에 대한 답례로 뭔가 마음에 드는 것이 있으면 말해 달라고 합니다."

"무엇보다도 이곳 땅이 마음에 듭니다. 내가 있는 곳은 땅이 비좁고 메마르지만, 이곳은 아주 넓고 비옥합니다. 이렇게 좋은 땅은 본 적이 없습니다."

통역이 그의 말을 전하자, 바슈키르인들이 한참 동안 의논을 했다. 파홈은 그들이 말하는 것을 알아들을 수는 없었지만, 그들이 유쾌하게 떠들며 웃고 있다는 것은 알 수 있었다. 잠시 후 바슈키르인들이 조용해지더니 파홈을 쳐다보았다. 통역이 말했다.

"이분들이 말하기를, 당신의 친절에 대한 답례로 땅을 원하는 만큼 주겠답니다. 손으로 가리키기만 하면 그 땅은 당신 것이 됩니다."

그런데 바슈키르인들이 다시 의논을 하더니 뭔가 언쟁을 벌이

기 시작했다. 파홈이 무슨 문제로 언쟁을 벌이냐고 묻자 통역이 대답했다.

"지금 한쪽 사람들은 땅 문제는 마을 촌장에게 물어보지 않으면 안 된다고 말하고 있고, 다른 쪽 사람들은 허락 없이도 가능하다고 말하고 있습니다."

6.

바슈키르인들이 논쟁을 벌이고 있는데 여우 가죽으로 만든 모자를 쓴 사람이 천막 안으로 들어왔다. 모든 사람이 하던 말을 멈추고 일어섰다. 통역이 말했다.

"이분이 바로 마을 촌장님이십니다."

파홈은 재빨리 가장 좋은 옷 한 벌과 5파운드짜리 차 상자를 촌장에게 내놓았다. 촌장은 선물을 받아 든 후, 제일 윗자리에 가서 앉았다. 바슈키르인들이 그에게 무언가 얘기를 하기 시작했다. 한참을 듣던 촌장이 머리를 흔들어 그들의 말을 멈추게 하고는 파홈에게 러시아어로 이렇게 말했다.

"좋아. 땅은 많으니 마음에 드는 땅을 가지게."

그러나 파홈은 그들이 땅을 준 다음 도로 뺏어 갈 수도 있으므로 원하는 만큼 가지기 위해서는 어떻게든 단단히 약조를 받아 내야겠다고 생각했다.

"친절하신 말씀

에 감사드립니다. 이곳엔 땅이 많지만 어떤 땅을 가질 수 있는지 알고 싶습니다. 그래서 측량을 해 놓고 제 땅이라는 것을 분명히 했으면 합니다. 사람이란 언제 죽을지 알 수 없지요. 물론 여러분은 친절해서 제게 땅을 주셨지만, 여러분의 자식들이 도로 뺏어 갈 수도 있으니까요."

촌장이 대답했다.

"자네 말이 옳군. 그렇게 하도록 하게."

그러자 파홈이 말했다.

"이곳에 있던 상인에게 땅문서를 작성해 주었다는 얘기를 들었습니다. 제게도 그렇게 해 주셨으면 합니다."

촌장이 그의 제안을 받아들였다.

"그렇게 하지. 여기에도 서기가 있으니 시내에 가서 서류에 도장을 찍도록 하세."

파홈이 물었다.

"땅값으로 얼마나 내야 하는지요?"

"여기 땅값은 하나뿐이야. 하루에 1,000루블이지."

파홈은 무슨 말인지 이해할 수 없었다.

"하루란 무슨 뜻인가요? 몇 데샤티나나 되나요?"

"우리는 그런 식으로 땅을 재는 방법은 모르네. 그저 하루 동안 걸어서 돌아다닐 수 있는 만큼의 크기가 자네 땅이고, 그것이 하루에 1,000루블이라는 것일세."

파홈은 놀랐다.

"하루 동안 돌아다닐 수 있는 정도의 땅 크기라면 상당히 넓겠군요."

촌장이 웃음을 터뜨리며 말했다.

"그래, 그게 모두 자네 땅이 되는 걸세. 다만 한 가지 조건이 있네. 만약 자네가 걸어서 돌아다니다가 해가 지기 전에 원래 자리로 돌아오지 못하면 아무 소용이 없다네."

"그럼 제가 지나간 자리를 어떻게 표시해야 하나요?"

"자네 마음에 드는 땅이 있으면 우리가 그리로 가겠네. 그리고 그곳에 우리가 서 있을 테니 자넨 출발해서 빙 돌아 오게. 괭이를 가져가 마음에 드는 곳에 구덩이를 파서 풀을 넣어 두면, 우리가 그 구덩이들을 쟁기로 갈아엎으면서 지나가겠네. 어떤 식으로 돌든지 그건 자네 뜻대로 하게. 다만 해가 지기 전까지는 출발했던 원래 자리로 돌아와야 하네. 그러면 돌아다닌 땅은 모두 자네 것이 되는 거지."

파홈은 매우 기뻤다. 그들은 다음 날 아침 일찍 출발하기로 약속했다. 이야기를 나누며 마유를 마시고 양고기를 먹고 차를 실컷 마시는 사이 어느덧 밤이 이슥해졌다. 바슈키르인들은 깃털 이불을 깔아 파홈의 잠자리를 마련해 준 후, 다음 날 아침에 모여 해가 뜨기 전에 출발점으로 가자고 약속하고 각자의 천막으로 돌아갔다.

7.

깃털 이불을 깔고 누운 파홈은 땅에 대한 생각을 하느라 잠을 이룰 수가 없었다.

'어떻게든 땅을 많이 차지해야지. 지금은 해가 긴 때니까 하루에 50베르스타는 걸을 수 있을 거야. 50베르스타면 정말 넓은 땅이겠지. 그중 나쁜 땅은 팔거나 빌려 주고, 좋은 땅은 내가 가서 살아야지. 쟁기를 끌 황소 두 마리와 일꾼 두 사람을 구해 50데샤티나는 농사를 짓고, 나머지 땅에는 가축을 키워야겠어.'

파홈은 새벽녘이 되어서야 겨우 잠이 들었다. 잠이 들자마자 그는 꿈을 꾸었다. 꿈속에서 그는 자신이 잠을 자고 있는 바로 그 천막에 누워 있었다. 바깥에서 누군가 큰 소리로 웃는 소리가 들렸다. 누가 웃고 있는지 궁금해서 일어나 바깥으로 나가 보았다. 천막 앞에는 바슈키르 마을 촌장이 앉아 있었는데, 무슨 일로 웃음보가 터졌는지 두 손으로 배를 움켜잡고 깔깔거리고 있었다. 파홈이 다가가서 무엇 때문에 그렇게 웃고 있는지 물어보았다. 그런데 자세히 보니 그 사람은 바슈키르 마을 촌장이 아니라 얼마 전에 파홈의 집에 들러 땅에 대해 얘기를 해 주었던 상인이었다. 파홈은 상인에게 "여긴 언제 오셨소?" 하고 물어보려는데, 그 사람은 상인이 아니라 전에 볼가강 너머에서 왔다던 농부로 변해 있었다. 다시 자세히 보니 그는 농부가 아니라 뿔과 발굽이 달린 악마였다. 악마는 앉아서 웃고 있었는데 그 앞에는 맨발에 내의만 입은 사람이 하나 누워 있었다. 파홈은 그가 누군지 가만히 살펴보았다. 그런데 그 사람은 이미 죽어 있었고, 바로 파홈 자신이 아닌가!

소스라치게 놀란 파홈은 잠에서 깼다.

'뭐야, 꿈이었잖아!'

파홈은 주위를 두리번거리다 열려 있는 문 쪽을 보았다. 이미 동이 트고 있었다. 떠날 시간이 되었으니 사람들을 깨워야겠다고 생각했다. 파홈은 마차에서 자고 있는 일꾼을 깨워 말을 매게 하고는 바슈키르인들을 깨우러 갔다.

"자, 초원으로 가서 땅을 측량할 시간이 되었습니다."

바슈키르인들이 일어나 모두 모였다. 촌장도 왔다. 바슈키르인들은 마유를 마시고 파홈에게 차를 권했으나, 그는 차를 마실 여유가 없었다.

"가기로 했으니 어서 갑시다. 이제 갈 시간입니다."

8.

 준비를 마친 바슈키르인들이 말과 마차를 타고 출발했다. 파홈은 일꾼과 함께 자신의 마차를 타고 그들을 따라갔다. 괭이도 챙겨 실었다. 초원에 도착하니 날이 밝아 왔다. 사람들은 바슈키르 말로 '시항'이라고 부르는 언덕 위로 올라가 마차와 말에서 내려 한데 모였다. 촌장이 파홈에게 다가와 손으로 가리키며 말했다.

 "자네 눈에 보이는 것이 모두 우리 땅이네. 마음대로 골라 보게."

 파홈의 눈이 이글이글 타올랐다. 풀이 우거진 기름진 땅은 손바

닥처럼 평평할 뿐만 아니라 질이 좋아 보이는 흑토였으며, 습지대에는 가슴 높이까지 잡초가 무성하게 자라 있었다.

촌장이 여우 가죽으로 만든 자신의 모자를 벗어 땅에 내려놓으며 말했다.

"자, 이걸 출발점으로 하세. 이곳에서 출발하여 이곳으로 돌아오면 되네. 자네가 돌아서 온 땅은 모두 자네 차지가 되는 거야."

파홈은 돈을 꺼내 모자 위에 올려놓은 다음, 외투를 벗고 조끼 하나만 입은 채 배 아래로 벨트를 단단히 다시 조여 맸다. 빵 주머

니를 품 속에 찔러 넣고, 물통을 벨트에 매달고, 장화를 바짝 당겨 신고, 일꾼에게서 괭이를 받아 들고는 출발 채비를 마쳤다. 그는 모두 좋은 땅이라 어느 쪽으로 가야 할지 잠시 고민했다.

'모두 똑같은 땅이야. 그렇다면 해가 뜨는 쪽으로 가자.'

그는 해가 뜨는 쪽을 바라보고 서서 땅 끝자락에서 해가 떠오르기를 기다리며 몸을 풀었다.

'조금도 시간을 지체해서는 안 돼. 서늘할 때 걷기가 더 나을 거야.'

그러고는 해가 뜨자마자 괭이를 어깨에 걸쳐 메고 초원으로 나아갔다.

파홈은 느리지도 빠르지도 않게 걸었다. 1베르스타쯤 가다 걸음을 멈추고 구덩이를 파서 눈에 잘 띄도록 여러 묶음의 풀을 넣었다. 그리고 다시 걸었다. 몸의 긴장이 풀리자 걸음이 더욱 빨라지기 시작했다. 조금 가다가 또 구덩이를 팠다.

파홈이 주위를 둘러보았다. 해가 떠올라 시항 언덕과 그곳에 서 있는 사람들, 그리고 햇빛에 반짝이는 마차들의 쇠바퀴가 선명하게 보였다. 5베르스타쯤 지나자 조금 더워졌다. 파홈은 조끼를 벗어 어깨에 걸치고 계속 앞으로 나아갔다. 또 5베르스타 정도를 지나자 땀이 흘렀다. 해를 보니 벌써 아침 먹을 시간이었다.

파홈이 생각했다.

'이제 겨우 말 한 필로 쉬지 않고 달릴 수 있는 거리를 지나왔구나. 하루 동안 이 정도 거리를 네 번 가려면 방향을 바꾸기엔 아직 이르겠지. 이제 장화는 벗는 게 낫겠어.'

그는 앉아서 장화를 벗어 벨트에 끼워 차고 계속 걸었다. 발걸음이 한결 가벼워졌다. 그러다가 생각했다.

'5베르스타만 더 간 다음 거기서 왼쪽으로 방향을 틀자. 땅이 기름져서 단념하기엔 너무 아까워. 갈수록 땅이 더 좋네.'

그는 계속 똑바로 걸어갔다. 뒤를 돌아보니 시항 언덕은 이미 아득하게 멀어져 있었다. 사람들은 개미처럼 검은 점으로 아물거렸고, 뭔가가 아주 희미하게 반짝이는데 그것도 느낌으로 그런 것 같다는 정도였다.

파홈은 생각했다.

'이쪽으로는 충분한 것 같으니 이제 방향을 틀자. 땀을 많이 흘렸더니 목이 타는군.'

그는 걸음을 멈추고 커다랗게 구덩이를 파서 풀을 넣어 표시를 했다. 물통을 끌러 실컷 물을 마신 후 곧바로 왼쪽으로 방향을 틀었다. 계속 걷다 보니 풀의 키가 점점 커지고 날은 무척 더워졌다.

파홈은 조금씩 지치기 시작했다. 해를 쳐다보니 점심 먹을 시간이 된 듯했다. 좀 쉬어야겠다 싶어 걸음을 멈추고 바닥에 앉았다. 물과 함께 빵을 먹었을 뿐 잠이 들까 봐 눕지는 않았다. 잠시 앉아 있다가 또 걷기 시작했다. 빵을 먹어 기운이 나서 처음엔 그다지 힘들지 않았다. 그러나 얼마 못 가 더위가 아주 심해지고 졸음이 몰려왔다. 이 순간을 참고 견디면 평생을 편하게 살 수 있다는 생각으로 파홈은 계속 앞으로 나아갔다.

지금 가고 있는 방향으로도 꽤 많이 걸어온 그는 다시 왼쪽으로 방향을 틀려고 했다. 그런데 둘러보니 가까이에 습지대가 있어서 단념하기엔 너무 아까웠다. 그곳에선 아마(亞麻) 농사가 잘될 거라는 생각이 들었다. 그래서 곧바로 계속 나아가 습지대를 차지하고는, 그곳에 구덩이를 파 방향을 트는 두 번째 지점으로 삼았다. 그러고는 시항 언덕 쪽을 바라보았다. 무더운 날씨로 아지랑이가 피어오르고 대기가 흐릿해서, 15베르스타는 족히 떨어져 있는 언덕 위의 사람들은 거의 보이지 않았다. 이제 충분히 멀리 왔으니 이번에는 좀 짧게 잡아야겠다고 생각했다.

세 번째 방향으로 출발한 그는 걸음을 재촉했다. 해를 보니 벌써 한낮인데, 세 번째 방향으로 접어든 후 겨우 2베르스타밖에 지나오지 못했다. 출발점까지는 아직 15베르스타가 남아 있었다. 파홈은 생각했다.

'안 되겠군. 땅 모양이 좀 비뚤어지더라도 곧장 가야만 시간을 맞출 수 있겠어. 땅은 이미 충분하니 더 이상 욕심을 부리지 말아야지.'

그는 재빨리 구덩이를 판 후 곧바로 시항 언덕 쪽으로 방향을 돌렸다.

9.

파홈은 시항 언덕을 향해 곧장 걸어갔다. 그러나 너무 지쳐 있었다. 몸은 온통 땀으로 범벅이 되었고, 신발을 신지 않은 발은 이리저리 찢기고 베인 터라 버티고 서 있기조차 힘들었다. 좀 쉬고 싶었지만 그러면 해가 지기 전에 도착할 수가 없었다. 해는 기다려 주지 않고 지고 있었다.

'이러다 실패하는 게 아닐까? 땅 욕심을 너무 많이 부렸나? 제시간에 도착하지 못하면 어쩌지?'

그는 해를 한 번 쳐다보고 시항 언덕을 바라보았다. 출발점은 아직 멀었는데 해는 이미 땅 끝자락에 가까워지고 있었다.

파홈은 힘이 들었지만 더욱 걸음을 재촉했다. 걷고 또 걸어도 출발점은 여전히 멀리 있었다. 그는 달리기 시작했다. 조끼와 장화와 물통과 모자를 모두 내던져 버리고 몸을 지탱하기 위해 괭이만 움켜쥐었다.

'아, 내가 너무 욕심을 내서 일을 망치고 말았구나. 해가 지기 전까지 도착하기는 글렀어.'

두려운 생각에 이제 숨까지 막혀 왔다. 파홈은 계속 달렸다. 땀에 젖은 내의는 몸에 찰싹 달라붙었고 입은 바싹 타 들어갔다. 가슴은 대장간의 풀무처럼 부풀어 올랐고, 심장은 방망이질하듯 두근거렸으며, 다리는 남의 다리처럼 휘청거렸다.

'이러다가 죽는 것이 아닐까.'

파홈은 무서운 생각이 들었지만 멈출 수가 없었다.

'얼마나 고생스럽게 달려왔는데, 여기서 멈추면 바보 소리를 듣겠지.'

그는 달리고 또 달렸다. 출발점 가까이까지 왔을 때 바슈키르인들이 질러 대는 환호성이 들렸다. 그 소리 때문에 파홈의 심장은 한층 더 방망이질쳤다. 파홈은 마지막 힘을 다해 달렸지만, 커다랗고 시뻘건 해는 이미 땅 끝자락 너머로 지고 있었다.

이제 막 해가 질 참이었다. 해가 질 시간도, 출발점까지의 거리도 얼마 남지 않았다. 파홈의 눈에 언덕 위에서 손을 흔들며 빨리 오기를 재촉하는 사람들이 보였다. 땅 위에 놓인 여우 가죽 모자와 그 속에 든 돈도 보였다. 촌장은 땅바닥에 앉아 양손으로 배를 움켜잡고 있었다. 그 순간 파홈은 꿈 생각이 떠올랐다.

'땅은 많이 차지하겠지만 하나님께서 나를 그곳에 살도록 해 주실까? 아, 내가 스스로 나를 망치고 말았어. 도저히 달릴 수가 없어.'

파홈이 쳐다보니, 해는 이미 아래쪽이 땅속으로 잘려져 나간 채 위쪽만 겨우 모습을 보이고 있었다. 파홈은 마지막 힘을 쥐어짜 몸을 앞으로 내밀었다. 몸이 휘청했지만 지친 다리로 간신히 지탱했다. 파홈이 언덕 아래에 이르자 갑자기 주위가 어두워졌다. 해가 지고 만 것이다.

파홈은 신음을 했다.

'모든 노력이 허사가 되었구나.'

이제 그만 걸음을 멈추려는데 바슈키르인들이 여전히 고함을 질러 대고 있었다.

문득 언덕 밑에서는 해가 진 듯이 보이지만 언덕 위에서는 아직 해가 지지 않았을지도 모른다는 생각이 스쳤다. 파홈은 다시 힘을 내어 시항 언덕 위로 달려갔다. 언덕 위에는 아직 빛이 남아 있었다.

언덕 위로 달려오자마자 파홈은 모자를 찾았다. 촌장이 모자 앞에 앉아서 양손으로 배를 움켜잡고 깔깔거리며 웃고 있었다. 순간 파홈은 꿈을 떠올리고 탄식하며 앞으로 고꾸라지고 말았다. 그러나 쓰러지면서도 양손으로 모자를 움켜잡았다.

촌장이 소리쳤다.

"정말 장하네. 이 많은 땅이 모두 자네 것일세."

일꾼이 달려와 그를 일으켜 세우려 했지만, 파홈은 피를 쏟으며 그대로 쓰러져 죽고 말았다.

바슈키르인들이 혀를 차며 안타까워했다.

일꾼이 괭이를 들고 파홈을 위한 무덤을 팠다. 파홈이 차지한 땅은 머리부터 발끝까지 치수를 재어 정확히 3아르신⁺이었다.

✣ **아르신** : 러시아 길이 단위. 1아르신은 약 70센티미터다.

바보 이반 이야기

그는 누가 찾아와서 먹여 살려 달라고 하면 이렇게 말한다.
"좋아, 여기 와서 사시오. 우리에겐 모든 것이 충분하니까."
단, 이반의 나라에는 한 가지 규칙이 있다.
손에 굳은살이 있는 사람은 식탁에 앉을 수 있지만,
굳은살이 없는 사람은 먹다 남긴 찌꺼기를 먹어야 한다는 것이다.

바보 이반과 그의 두 형인 군인 세몬과 배불뚝이 타라스,
그리고 벙어리이자 귀머거리인 누이 말라니야와
큰 악마, 작은 세 악마에 대한 이야기.

1.

옛날 어느 나라에 부자 농부가 살고 있었다. 이 부자 농부에게는 군인 세몬과 배불뚝이 타라스 그리고 바보 이반이라는 세 아들과 말라니야라는 벙어리이자 귀머거리인 딸이 하나 있었다. 군인 세몬은 왕을 위해 전쟁터에 나갔고 배불뚝이 타라스는 장사를 배우러 도시의 상인에게 갔으나, 바보 이반은 누이와 함께 집에 남아 등이 휘어질 정도로 땀 흘려 일을 했다.

군인 세몬은 높은 관직과 영지를 얻었으며 귀족의 딸과 결혼도 하였다. 그는 꽤 많은 급료에 넓은 영지를 가지고 있었지만 늘 돈이 모자랐다. 세몬이 열심히 벌어들인 돈을 귀족 출신 부인이 물 쓰듯 써 버렸던 것이다.

세몬이 도조⁺를 거둘 요량으로 자신의 영지에 들렀더니 관리인

⁺ **도조** : 남의 논밭을 빌려서 부치고 그 세로 해마다 내는 곡식.

이 이렇게 말했다.

"말이나 황소 같은 가축은 말할 것도 없고 쟁기나 괭이 같은 농기구도 없어 도통 수익을 낼 수 없습니다. 먼저 농사 장비를 모두 갖추어야 수익이 생깁니다."

그래서 군인 세몬은 아버지를 찾아갔다.

"아버지께서는 부자지만 제게 아무것도 주지 않았습니다. 그러니 제게 땅의 3분의 1을 물려주십시오."

아버지가 대답했다.

"너는 집에 아무것도 보태 주지 않았는데 내가 왜 너에게 땅의 3분의 1을 물려주어야 하느냐? 이반과 누이가 못마땅해할 거다."

그러자 세몬이 말했다.

"이반은 바보고, 누이는 귀머거리에다 벙어리인데 땅이 무슨 소용 있겠습니까?"

이 말을 듣고 아버지가 말했다.

"그럼, 이반에게 물어보자꾸나."

그러자 이반이 말했다.

"좋습니다. 형이 가지세요."

군인 세몬은 땅의 3분의 1을 자신의 영지로 삼은 후 왕을 섬기러 다시 떠났다.

상인의 딸에게 장가를 든 배불뚝이 타라스도 많은 재산을 모았지만 여전히 부족하다고 생각하여 아버지를 찾아왔다.

"제 몫을 나누어 주십시오."

타라스에게 재산을 물려주고 싶지 않았던 아버지는 이렇게 말했다.

"너는 집에 아무것도 보태 준 것이 없지 않느냐. 게다가 지금 집에 있는 것은 모두 이반이 모은 것이다. 그러니 그 애와 누이를 섭섭하게 할 수는 없다."

그러자 타라스가 이반에게 말했다.

"아무도 시집 올 사람이 없어 장가도 못 가는 너 같은 바보에게 필요한 것이 뭐가 있겠니? 게다가 누이도 귀머거리라 아무것도 소용없잖아. 그러니 이반, 나에게 곡식의 절반을 나눠 줘. 농기구는 그냥 놔두고 가축 중에서 농사에 별 도움이 되지 않는 회색 종마만 가져갈게."

이반이 웃으며 말했다.

"좋습니다. 제가 말발굽을 달아 드리죠."

이렇게 해서 타라스는 자신의 몫으로 받은 곡식과 회색 종마를 끌고 도시로 갔다. 이반은 전에도 그랬듯이 남아 있는 늙은 암말 한 마리를 가지고 농사를 지어 부모님을 봉양했다.

2.

　이반의 형제들이 재산을 분배하면서 다투지도 않고 의좋게 헤어진 것을 보고 큰 악마는 심사가 뒤틀렸다. 그는 작은 악마 셋을 큰 소리로 불러내어 말했다.

　"보다시피, 이곳에 군인 세몬과 배불뚝이 타라스 그리고 바보 이반이라는 삼 형제가 살고 있다. 어떻게 해서라도 그들 사이에 싸움을 붙여야겠는데, 저놈들은 서로에게 재산을 나누어 주면서 아주 의좋게 산단 말이야. 저 바보 이반이라는 놈이 일을 몽땅 망쳐 놓았어. 그러니 너희 셋이 가서 삼 형제가 서로 잡아 뜯고 싸우도록 소란을 일으켜 봐. 어때, 할 수 있겠지?"

　"네, 할 수 있습니다."

　"그래, 어떤 방법으로 삼 형제가 서로 싸우게 할 생각인데?"

　"먼저 먹을 것이 하나도 없도록 저놈들을 파산시킬 겁니다. 그 다음에 한곳에 모아 놓으면 서로 치고받고 싸우게 되겠죠."

　"좋아. 해야 할 일이 무엇인지 너희 스스로 잘 알고 있겠지? 저 삼 형제 사이를 완전히 갈라놓기 전까지는 절대 돌아오지 마라. 그렇지 않으면 너희 세 놈의 가죽을 홀랑 벗겨 버릴 테다."

　작은 악마들은 늪지대로 들어가 어떻게 일을 시작할지 논의했다. 각자 좀 더 쉬운 일을 맡으려고 오랫동안 옥신각신한 끝에 제비뽑기를 해서 누가 누구를 맡을지 결정했다. 그리고 일을 먼저 끝낸 악마가 다른 악마를 도와주기로 했다. 언제 이 늪지대에서 다시 모일 것인지 결정하고 나서 헤어졌다.

시간이 지나고 약속대로 늪지대에 작은 악마 셋이 다시 모였다. 먼저 군인 세몬을 맡은 첫 번째 악마가 맡은 일이 어떻게 되었는지 설명했다.

"내가 맡은 일은 잘되었어. 내일이면 세몬이 아버지를 찾아갈 거야."

동료 악마들이 물었다.

"어떻게 한 거야?"

"먼저 세몬에게 용기를 잔뜩 불어넣어 자신이 섬기는 왕에게 온 세상을 정복하겠노라고 장담하게 만들었지. 그러자 왕이 세몬을 대장으로 삼아 인도 왕을 치라고 보냈어. 원정대가 모두 모인 그 날 밤에 나는 세몬의 군대에 있는 화약을 모두 물에 적셔 놓고는, 인도 왕에게 가 짚으로 수많은 군사를 만들어 주었지. 다음 날 세몬의 군사들은 사방에서 달려드는 짚으로 만든 군사들을 보고는 그만 겁을 집어먹었지. 게다가 세몬이 발사 명령을 내렸지만, 대포건 총이건 어디 나가야 말이지. 세몬의 군사들이 혼비백산해서 양 떼처럼 정신없이 도망을 치더군. 결국 인도 왕이 세몬의 군대를 쳐부수었고, 크게 망신을 당한 세몬은 영지를 빼앗기고 내일 교수형에 처해질 거야. 이제 내게는 그 녀석이 집으로 도망갈 수 있도록 감옥에서 풀어 주는 일만 남았지. 내일이면 일이 모두 끝나니 자네 둘 중 누구를 도와주어야 할지 말해 봐."

타라스를 맡은 두 번째 악마가 자신의 일이 어떻게 되었는지 설명하기 시작했다.

"내가 맡은 일도 잘되어 따로 도움은 필요 없어. 타라스란 녀석도 일주일 이상은 버티지 못할 거야. 먼저 나는 녀석의 불룩한 배를 더 크게 만들어 그 속에 욕심을 잔뜩 불어넣었지. 한번 본 것은 무엇이든 사지 않고는 못 배기게 말이야. 그랬더니 녀석은 보지 않은 것까지 탐을 내어 모두 사 모으더니, 그것도 모자라 지금도 계속 사들이고 있어. 이젠 빚까지 내어 사들이고 있는데, 너무 많이 사들여 어떻게 처리해야 할지 몰라 안절부절못하고 있어. 빌린 돈을 갚아야 할 일주일 뒤에는, 녀석이 사들인 물건을 모두 거름으로 만들어 버릴 작정이야. 그러면 빚을 갚지 못하고 제 아비에게로 달려가겠지."

설명을 마친 두 악마가 바보 이반을 맡았던 세 번째 악마에게 일이 어떻게 되었는지 물었다.

"자네 일은 어떻게 되었어?"

"내가 맡은 일은 잘 안됐어. 먼저 나는 바보 놈에게 배탈이 나게 할 요량으로 크바스가 든 병에 침을 잔뜩 뱉어 놓았어. 그리고 밭으로 가서 녀석이 제아무리 힘을 써 보아도 소용이 없도록 땅을 돌덩이처럼 단단하게 만들어 버렸지. 그래서 이쯤 되면 땅을 갈지 못하겠거니 생각했는데, 글쎄 이 바보 놈이 쟁기를 가지고 오더니 땅을 갈아엎는 거야. 배가 아파 끙끙 앓으면서도 말이야. 그래서 이번엔 녀석의 쟁기를 망가뜨렸지. 그랬더니 이 바보 놈이 집으로 가서 새로 나무를 덧댄 다른 쟁기를 가져와 다시 땅을 파더라고. 그래서 내가 땅속으로 기어 들어가 쟁기 끝부분을 움켜잡아 보았지만 도저히 버틸 수가 없었어. 녀석이 쟁기를 눌러 대는 데다 또 쟁기 끝이 얼마나 날카로운지 손만 베이고 말았지. 이제 한 고랑만 남기고 밭을 모두 갈아 버렸더군. 그러니 자네들이 와서 좀 도와주게. 그 녀석 하나를 물리치지 못하면 우리 일은 모두 허사가 돼. 만약 그 바보가 계속 농사를 짓는다면 나머지 두 형제들을 먹여 살릴 테고, 그러면 녀석들은 별로 곤란을 겪지 않을 걸세."

군인 세몬을 맡았던 악마가 다음 날 도와주러 가기로 약속하고 일단 모두 헤어졌다.

3.

이반은 한 고랑을 남기고 그동안 놀려 두었던 밭을 모두 갈았다. 그리고 나머지도 갈아 버리려고 밭으로 갔다. 배가 몹시 아팠지만 쟁기질을 계속했다. 말에 쟁기를 묶어 고삐를 툭툭 치며 밭을 가는데 한번 갔다가 다시 되돌아오려니까 나무뿌리에 걸리기라도 한 것처럼 쟁기가 끌리지 않았다. 악마가 쟁기를 꽉 잡고 있었던 것이다.

'참, 이상한 일이군! 아까는 없던 나무뿌리 같은 게 지금은 있으니 말이야.'

이반이 고랑 속으로 손을 넣어 보았더니 뭔가 부드러운 것이 만져졌다. 그래서 세게 움켜잡고 끄집어내 보니 나무뿌리같이 생긴 시커먼 것이 꿈틀거리고 있었다. 자세히 보니 조그만 악마였다.

"아니, 뭐 이런 게 다 있어!"

이반이 쟁기를 치켜들어 머리를 내리치려고 하자 작은 악마가 소리치며 애원했다.

"제발 죽이지 마세요. 그 대신 원하는 것을 무엇이든 들어드릴게요."

"네가 무엇을 할 수 있는데?"

"원하는 것이 있으면 말씀만 하세요."

이반이 머리를 긁적이며 말했다.

"나는 지금 배가 아픈데 낫게 할 수 있어?"

"그럼요, 할 수 있고말고요."

"좋아, 어디 해 봐."

작은 악마가 고랑 쪽으로 몸을 구부려 손톱으로 여기저기 훑더

니 줄기 세 개가 달린 풀뿌리를 뽑아 들었다. 그것을 이반에게 건네며 말했다.

"누구든 한 줄기만 삼키면 어떤 통증도 금세 사라집니다."

이반이 풀뿌리를 받아 한 줄기를 뜯어 삼켰더니 정말로 감쪽같이 통증이 사라졌다.

작은 악마가 다시 애원했다.

"이제 저를 놓아주세요. 그러면 땅속으로 들어가 다시는 나오지 않겠습니다."

"그렇다면 잘 가거라. 하나님의 가호가 있기를!"

이반이 하나님이라는 말을 하자마자 악마는 물에 던진 돌처럼 갑자기 땅속으로 사라져 버렸고 그 자리엔 구멍 하나만 남았다. 이반은 남은 뿌리를 모자 속에다 집어넣고 나머지 땅을 갈기 시작했다. 곧 마지막 고랑을 다 갈고는 쟁기를 들고 집으로 향했다.

말을 풀어놓고 집 안으로 들어가니, 큰형인 세몬이 아내와 함께 앉아서 저녁을 먹고 있었다. 그는 영지를 빼앗기고 간신히 감옥을 도망쳐 나와 아버지한테 빌붙어 살려고 온 것이었다.

세몬이 이반을 보고 말했다.

"너와 살려고 왔단다. 그러니 새 일자리를 찾을 때까지 나와 아내를 먹여 다오."

"그럼요, 걱정 말고 여기서 사세요."

이반이 의자에 앉으려 하자, 귀족 출신인 형수가 그에게서 나는 냄새를 불쾌해했다. 그녀가 남편에게 말했다.

"악취가 나는 사람과 함께 밥을 먹을 수는 없어요."

그러자 세묜이 이반에게 말했다.

"내 아내가 네게서 지독한 냄새가 난다는구나. 그러니 너는 밖에 나가서 먹는 게 좋겠다."

"그러죠. 마침 방목장에도 가 봐야 하고 말에게 풀도 먹여야 하니까요."

이반은 빵과 외투를 집어 들고 방목장으로 갔다.

4.

그날 밤 군인 세묜을 맡았던 작은 악마가 일을 마치고 약속대로 이반을 맡고 있는 악마를 찾아왔다. 바보 이반을 혼내 주는 일을 돕기 위해서였다. 하지만 밭에 와서 한참 동안 찾아보았지만 동료는 어디에도 없었다. 그저 구멍 하나만 눈에 띌 뿐이었다.

'아무래도 나쁜 일이 생긴 모양이야. 내가 대신 맡아야겠군. 밭은 이미 다 갈아 놓았으니 풀베기를 할 때 바보 놈을 혼내 줘야지.'

작은 악마는 이반의 풀밭에 물길을 내어 물이 넘치게 했다. 풀밭은 온통 진흙투성이가 되었다.

새벽 무렵 방목장에서 돌아온 이반은 낫을 들고 풀밭으로 갔다. 도착하자마자 이반은 바로 풀을 베기 시작했다. 낫질을 한두 번밖에 하지 않았는데도 날이 둔해져 갈아야 했다. 온갖 애를 다 써 봐도 잘 안 되자 이반은 혼잣말을 했다.

"안 되겠군. 집에 가서 숫돌을 가져와야겠어. 집에 가는 김에 빵도 좀 가져와야지. 일주일이 걸리는 한이 있어도 풀을 다 베기 전에는 여기서 떠나지 않겠어."

작은 악마가 이 말을 듣고 생각에 잠겼다.

'빌어먹을, 이 바보 녀석은 이렇게 해선 안 되겠군. 뭔가 다른 수를 찾아야겠어.'

이반이 낫을 갈아 가지고 돌아와 다시 풀을 베기 시작했다. 작은 악마는 풀 속으로 숨어 들어가 낫 끝자락을 붙잡아 땅속으로 처박았다.

이반은 가까스로 풀을 다 베었다. 이제 늪지대에 있는 한 구역만 남겨 놓았다. 작은 악마는 늪으로 기어 들어가 속으로 생각했다.

'이번에는 손가락이 잘리더라도 풀을 못 베게 하겠어.'

이반이 늪으로 왔다. 풀이 무성하게 자라 있지는 않았는데 웬일인지 낫질이 잘되지 않았다. 화가 난 이반은 온 힘을 다해 낫을 휘둘렀다. 그러자 작은 악마는 뒤로 물러설 틈도 없이 더 이상 버텨 내지 못하게 되었다. 일을 망쳤다고 판단한 작은 악마가 덤불 속으로 몸을 숨겼다. 그러나 덤불을 베어 내기 위해 마구 휘둘러 대는 이반의 낫질에 그만 꼬리 절반이 잘려 나가고 말았다. 이반은 풀을 다 베고 나서 누이에게 그것을 긁어모으라고 일러 놓고 호밀을 베러 갔다.

이반이 작은 낫을 가지고 호밀밭에 가 보니 작은 낫으로는 어림도 없을 정도로 엉망이 되어 있었다. 작은 악마가 먼저 와 호밀을 마구 흩어 놓았던 것이다. 이반은 집으로 가서 큰 낫을 가지고 돌아와 잡아 뽑듯이 힘차게 호밀을 베어 나갔다. 곧 호밀도 다 베었다.

"이젠 귀리를 베어야겠구나."

꼬리가 잘린 작은 악마가 이 말을 들었다.

'호밀밭에서는 어쩔 수 없었지만 이번에야말로 저 녀석을 곯려 줘야지. 어디, 내일 아침이 되거든 보자.'

그런데 다음 날 아침 작은 악마가 서둘러 귀리밭으로 달려가 보니 귀리가 이미 다 베어져 있었다. 낟알이 조금이라도 덜 떨어지게 하기 위해 이반이 밤사이에 모두 베어 버린 것이었다. 작은 악마는 화가 치밀어 올랐다.

"바보 녀석이 저번엔 내 꼬리를 잘라 버리더니, 이번에 또 나를 골탕 먹이는구나. 전쟁터에서도 이렇게 수모를 당하지는 않았는데! 하지만 저 빌어먹을 녀석은 밤에도 잠을 자지 않으니 당해 낼 방법이 없잖아! 치, 이번에는 호밀 더미 속으로 들어가 녀석을 기겁하게 만들겠어."

작은 악마는 호밀 더미 속으로 기어 들어가 낟알을 썩히기 시작했다. 그러나 호밀 더미를 데워서 썩히다가 자신의 몸도 따뜻해져 그만 졸고 말았다.

한편 이반은 암말을 수레에 연결해 누이와 함께 호밀 더미를 나르러 갔다. 곧 호밀 더미가 있는 곳에 도착하여 수레에 싣기 시작했다. 두어 다발쯤 실어 놓고 다시 호밀 더미에 갈퀴를 찔러 넣는데, 무언가 물컹한 것이 닿았다. 그대로 들어 보니 꼬리가 잘린 작은 악마가 산 채로 갈퀴에 걸려 있었다. 악마는 잔뜩 겁에 질려 빠져나가려고 버둥거렸다.

"아니, 뭐 이런 게 있어! 저번에 나온 그 녀석이 또 나온 게로군?"

"아뇨, 그건 제가 아니라 다른 동료였습니다. 저는 당신의 형인 세몬을 맡았었습니다."

"네놈이 누구건 혼꾸멍내 주어야겠다!"

이반이 갈퀴를 밭두렁에 내리치려고 하자 작은 악마가 싹싹 빌었다.

"한 번만 놓아주세요. 다시 나타나지 않겠습니다. 그 대신 원하는 건 무엇이든 들어드릴게요."

"그래, 네가 무엇을 할 수 있는데?"

"저는 무엇으로든 군사들을 만들어 낼 수 있습니다."

"그렇지만 그까짓 군사들이 무슨 소용이야?"

"원하는 걸 시키면 그들이 뭐든지 합니다."

"노래를 부를 수도 있단 말이냐?"

"물론 할 수 있습니다."

"그럼, 어디 한번 만들어 봐."

그러자 작은 악마가 말했다.

"호밀 다발을 땅바닥에 대고 한 번 툭 친 다음 '내 종의 이름으로 명하노니, 너는 이제 짚단이 아니다. 짚마다 모두 군사가 되어라'라고 말하면 됩니다."

이반이 호밀 다발을 들어 땅바닥에 한 번 툭 친 다음 작은 악마가 일러 준 대로 주문을 외웠다. 그러자 호밀 다발이 이리저리 흩어지더니 많은 군사가 생겨났다. 북을 치는 병사와 나팔수가 선두에서 연주를 했다. 이반이 웃음을 터뜨렸다.

"이놈, 솜씨가 쓸 만한걸. 여자들을 즐겁게 하기에 제격이겠어."

"그럼 이제 절 놓아주세요."

"아직은 안 돼. 탈곡도 하지 않은 호밀 다발로 병사를 만들면 낟알을 버리게 되니, 어떻게 해야 다시 원래대로 돌려놓을 수 있는지 가르쳐 주어야겠어. 낟알을 털 수 있게 말이야."

그러자 작은 악마가 말했다.

" '내 종의 이름으로 명하노니, 군사들은 모두 짚이 되고 다시 짚단이 되어라'라고 말하면 됩니다."

작은 악마가 일러 준 대로 하자 군사들이 다시 호밀 다발로 바뀌었다.

작은 악마가 다시 사정을 했다.

"이젠 제발 놓아주세요."

"그래, 좋아."

이반은 작은 악마를 밭두렁에 엎어 놓고 한 손으로 눌러 그를 갈퀴에서 빼 주면서 말했다.

"하나님의 가호가 있기를!"

그런데 이반이 하나님이라는 말을 하자마자 작은 악마는 물에 던진 돌처럼 갑자기 땅속으로 사라져 버렸고, 그 자리엔 구멍만 남았다.

이반은 집으로 돌아왔다. 둘째 형인 타라스가 부인과 함께 저녁을 먹고 있었다. 배불뚝이 타라스는 빚을 갚지 못해서 아버지 집으로 도망쳐 온 것이었다. 타라스가 이반을 보고 말했다.

"이반, 내가 장사를 다시 시작할 때까지 나와 아내를 먹여 다오."

"그럼요, 걱정 말고 여기서 사세요."

이반이 외투를 벗고 식탁에 다가가 앉았다. 그러자 타라스의 부인이 말했다.

"나는 바보와 같이 밥을 먹을 수 없어요. 아주 고약한 땀 냄새가 난단 말이에요."

그러자 배불뚝이 타라스가 이반에게 말했다.

"이반, 네게서 고약한 냄새가 나는구나. 그러니 너는 밖에 나가서 먹는 게 좋겠다."

"그러죠. 마침 방목장에도 가 봐야 하고 말에게 풀도 먹여야 하니까요."

그러고는 빵을 들고 바깥으로 나갔다.

5.

그날 밤 타라스를 맡았던 악마가 자신의 임무를 마치고 약속대로 바보 이반을 혼내 주는 일을 도우러 왔다. 그는 밭으로 가서 한참 동안 둘러보았으나 아무도 찾지 못하고 구멍 하나만 발견했다. 풀밭의 늪지대에서는 꼬리를 발견했으며, 호밀밭에서는 다른 구멍 하나를 더 발견했다.

'아무래도 무슨 일이 생긴 모양이군. 그렇다면 내가 동료들을 대신해 바보 녀석을 혼내 줘야지.'

작은 악마는 이반을 찾아 나섰다. 이반은 방목장에서 돌아와 숲

속에서 나무를 베고 있었다.

　한집에서 모두 모여 살기가 비좁게 느껴진 이반의 형들이 나무를 베어 자신들이 살 새 집을 지으라고 시켰던 것이다.

　숲으로 달려간 작은 악마는 나뭇가지 위로 기어 올라가 이반이 나무를 베는 것을 방해하기 시작했다. 이반은 쓰러뜨리기 좋게 나무 밑동을 쳐서 널찍한 곳으로 넘어지게 하려 했으나, 엉뚱하게도 나무는 다른 방향으로 쓰러지면서 다른 나무의 가지에 걸리고 말았다. 이반은 가지들을 모두 쳐 내고 이리저리 방향을 틀어서 간신히 나무를 쓰러뜨렸다.

　다른 나무를 베는데도 상황은 역시 조금 전과 마찬가지였다. 이반은 가까스로 나무를 쓰러뜨렸다. 세 번째 나무 역시 마찬가지였다. 나무를 쉰 그루쯤 벨 수 있을 것으로 생각했는데 열 그루를 채 베기도 전에 날이 어두워지고 말았다.

　이반은 무척 힘이 들었다. 몸에서 김이 모락모락 피어올라 마치 숲속에 안개가 끼듯이 퍼져 나갔다. 하지만 일손은 멈추지 않았다. 그런데 나무 한 그루를 더 베고 나자 갑자기 등이 쑤시더니 힘이 쭉 빠지는 것이었다. 할 수 없이 도끼를 내려놓고 잠시 쉬기 위해 앉았다.

　작은 악마는 이반이 조용해진 것이 무척 기뻤다.

　'일을 멈춘 걸 보니 이제 녹초가 된 모양이군. 그럼 나도 잠시

쉬어 볼까.'

작은 악마는 나뭇가지에 앉아 속으로 고소해하고 있었다. 그런데 그 순간 갑자기 이반이 벌떡 일어나더니 도끼를 처들어 조금 전과는 반대쪽에서 나무를 내리치는 게 아닌가. 나무가 '쿵' 소리를 내며 쓰러졌다. 워낙 갑작스럽게 넘어지는 바람에 작은 악마의 손이 나뭇가지에 끼고 말았다. 이반이 주변을 치우고 가만히 살펴보니 나뭇가지 사이에 살아 있는 작은 악마가 있었다. 이반이 놀라며 말했다.

"아니 이게 무슨 일이야! 이놈이 또 나온 모양이군?"

"아뇨, 그건 제가 아니라 다른 악마였습니다. 저는 당신의 형인 타라스를 맡았었습니다."

"네놈이 누구건 혼꾸멍내 주어야겠다!"

이반이 도끼를 치켜들어 내리치려고 하자 작은 악마가 싹싹 빌며 말했다.

"제발 죽이지 마세요. 그 대신 원하는 건 무엇이든 들어드리겠습니다."

"그래, 네가 무엇을 할 수 있는데?"

"저는 당신이 원하는 만큼의 돈을 만들어 드릴 수 있습니다."

"그럼 어디 한번 만들어 봐."

작은 악마가 이반에게 돈 만드는 법을 가르쳐 주었다.

"떡갈나무잎을 손에 쥐고 이렇게 비비세요. 그러면 금화가 땅바닥에 우수수 떨어질 겁니다."

이반이 떡갈나무잎을 잡고 비볐더니 정말로 금화가 무더기로 쏟아져 내렸다.

"이건 잔치 때 아이들과 모여 갖고 놀기에 아주 좋겠는걸."

"그럼 이제 절 놓아주세요."

이반이 나뭇가지 사이에서 작은 악마를 빼내 주며 말했다.

"하나님의 가호가 있기를!"

이반이 하나님이라는 말을 하자마자 작은 악마는 물에 던진 돌처럼 갑자기 땅속으로 사라져 버렸고, 그 자리엔 구멍만 남았다.

6.

형제들이 집을 지어 따로 떨어져 살기 시작했다. 어느 날 이반이 들일을 마치고 돌아와 맥주를 만들어 형들을 초대했다. 그러나 형들은 농부들의 잔치에는 한 번도 가 본 적이 없다는 핑계를 대며 초대에 응하지 않았다.

이반은 마을 농부들과 아낙네들에게 한턱 베풀고 자신도 맥주를 마셨다. 술기운이 오르자 사람들이 둥그렇게 모여 춤을 추고 있는 거리로 나갔다. 춤 놀이가 벌어지고 있는 곳으로 다가가 여자들에게 말했다.

"내가 여러분들이 아직 한 번도 본 적이 없는 것을 보여 주지요."

여자들이 깔깔거리며 그에게 빨리 보여 달라고 재촉했다.

"그럼 지금 당장 가지고 오겠어요."

이반이 상자를 껴안고 숲으로 달려갔다. 여자들은 "저런 바보 같은 녀석!"이라고 소리치며 놀려 대고는 그에 대해서 까맣게 잊어버렸다. 그런데 조금 있으니 이반이 정말로 무엇인가를 가득 채운 상자를 안고 달려왔다.

"자, 나누어 줄까요?"

"그래, 어서 나누어 줘."

이반이 금화를 한 움큼 쥐고 여자들에게 던졌다. 그러자 갑자기 난장판이 됐다. 여자들이 금화를 주으려고 달려드는 데다 남자들까지 몰려들어 서로 잡아 뜯고 빼앗느라 야단법석이었다. 어떤 노파는 하마터면 깔려 죽을 뻔했다. 이반이 웃음을 터뜨렸다.

"이런 바보 같은 양반들, 왜 할머니를 밀치고 그래요. 내가 더 줄 테니 그러지들 말아요."

이반은 다시 금화를 뿌렸다. 더 많은 사람들이 모여들었다. 이반은 상자에 있던 금화를 전부 뿌렸다. 그래도 사람들은 더 달라고 졸라 댔다.

"오늘은 이게 다예요. 다음에 또 줄게요. 자, 이제 노래를 부르며 춤이나 춥시다."

여자들이 노래를 부르기 시작했다. 이반이 또 말했다.

"당신네들이 부르는 노래는 재미가 없어요."

"그럼 어떤 노래가 좋지?"

"내가 당장 여러분에게 보여 주지요."

그러고는 헛간으로 가 짚단을 들고 낟알을 털어 내고는 바닥에 툭 치며 말했다.

"내 종의 이름으로 명하노니, 너는 이제 짚단이 아니다. 짚마다 모두 군사가 되어라."

그러자 짚단이 이리저리 흩어져 수많은 군사가 되었다. 이반이 노래를 연주하라고 지시하자 군사들은 북을 치고 나팔을 불기 시

작했다. 이반은 그들을 데리고 거리로 나왔다. 사람들이 깜짝 놀랐다. 노래 연주가 끝나자 이반은 아무도 따라오지 말라고 이르고는 군사들을 데리고 헛간으로 돌아와 그들을 다시 짚단으로 되돌려 낟가리 위에 던져 놓았다. 그러고는 집으로 돌아가 잠을 잤다.

7.

이튿날 아침 맏형인 세묜이 이 일을 알고 이반을 찾아왔다.
"내게 사실대로 말해 보거라. 대체 어디서 병사들을 데려왔으며 또 어디로 데려간 것이냐?"
"그걸 알아 어디에 쓰시게요?"

"어디에 쓰다니? 군사들만 있다면 무슨 일이든 할 수 있지. 나라를 만들 수도 있단 말이다."

이반이 깜짝 놀랐다.

"그럼 진작 말씀하시지 그랬어요? 나는 원하는 만큼 군사를 만들 수 있답니다. 다행히 누이와 함께 짚단도 많이 장만해 놓았거든요."

이반이 형을 헛간으로 데리고 가서 말했다.

"군사들을 만들어 드릴 테니 보세요. 그 대신 만든 군사들을 모두 데리고 가셔야 합니다. 그렇지 않으면 그들을 먹이기 위해 하루 만에 온 마을 식량을 몽땅 거덜 내게 될 테니까요."

군인 세몬이 군사들을 모두 데리고 가기로 약속을 하자 이반이 군사들을 만들기 시작했다. 짚단을 바닥에 내리치자 1개 중대가 만들어졌다. 다시 한번 내리치자 또 1개 중대가 만들어졌다. 이리하여 곧 들판을 가득 채울 만큼 많은 군사가 만들어졌다.

"이만하면 됐나요?"

그러자 세몬이 몹시 기뻐하며 말했다.

"그래, 됐다. 고맙구나, 이반."

"뭘요. 더 필요하시면 언제든지 오세요. 제가 또 만들어 드리지요. 요즘은 짚단이 아주 많으니까요."

세몬은 곧바로 군사들을 지휘하여 대열을 갖추어 전쟁을 하러 떠났다.

세몬이 떠나자마자 곧 배불뚝이 타라스가 찾아왔다. 그 역시 어제의 일을 알게 되어 온 것이었다.

"내게 사실대로 말해 보거라. 어디서 금화를 얻었느냐? 만일 내게 그런 돈이 있다면 온 세상의 돈을 모두 긁어모을 수 있을 텐데 말이야."

이반이 놀라며 말했다.

"그럼 진작 말씀하시지 그랬어요? 형님이 원하시는 만큼 제가 만들어 드리지요."

타라스가 뛸 듯이 기뻐하며 말했다.

"나에게 금화 세 상자만 만들어 다오."

"그럼 함께 숲으로 가요. 나르기가 쉽지 않을 테니 말이라도 끌고 가시죠."

그들은 숲으로 갔다. 이반이 떡갈나무에서 잎을 훑어서 비비자 금화가 산더미처럼 쌓였다.

"이만하면 됐나요?"

그러자 타라스가 크게 기뻐하며 말했다.

"지금은 이 정도면 충분하다. 고맙구나, 이반."

"뭘요. 더 필요하시면 언제든지 오세요. 제가 또 만들어 드리지요. 떡갈나무잎은 아직 많이 남아 있으니까요."

배불뚝이 타라스는 마차에 금화를 잔뜩 싣고 장사를 하러 떠났다.

이반의 두 형이 모두 떠났다. 세묜은 전쟁터로 진군했고, 타라스는 장사를 시작했다. 그리하여 군인 세묜은 한 나라를 정복했고, 배불뚝이 타라스는 큰돈을 벌었다.

어느 날 세묜과 타라스가 모여 병사들은 어디서 났으며 또 돈은 어디서 났는지 서로 얘기를 나누었다.

먼저 군인 세묜이 동생 타라스에게 말했다.

"나는 한 나라를 정복하였다. 그래서 사는 형편도 아주 좋아졌지. 하지만 군사들을 먹이기 위해선 여전히 돈이 부족하단 말이야."

이번엔 동생 타라스가 말했다.

"저도 돈은 많이 모았습니다. 하지만 한 가지 골칫거리는 그 돈을 지켜 줄 사람이 없다는 겁니다."

그러자 세묜이 말했다.

"그럼 동생 이반에게 가자. 가서 내게는 병사들을 더 만들어 달라고 하여 네 돈을 지키게 하고, 너는 그 병사들을 먹일 수 있도록 돈을 더 만들어 달라고 하면 되잖아."

이리하여 두 사람은 이반을 찾아갔다. 이반에게 세묜이 말했다.

"이반, 지금 있는 군사들로는 부족하니 더 만들어 주어야겠다. 짚단 두어 개쯤이라도 좋으니 말이야."

그러나 이반이 고개를 저으며 대답했다.

"이제 더 이상 형님에게 군사를 만들어 주지 않을 겁니다."

"그게 무슨 소리야? 전에 약속을 하지 않았느냐?"

"약속은 했지만, 어쨌든 더 이상 만들지 않겠습니다."

"어째서 만들지 않겠다는 것이냐, 이 바보 녀석아!"

"그건 형님의 군사들이 사람을 죽였기 때문이지요. 최근에 길가에서 밭을 갈다가 보니 어떤 아주머니가 관을 끌고 가면서 통곡을 하고 있었습니다. 그래서 누가 죽은 거냐고 물어보았죠. 그랬더니 아주머니가 세몬의 군사들이 전쟁터에서 남편을 죽였다고 하더군요. 저는 군사들이 그저 노래나 부르는 줄로 알았는데 사람을 죽이다니요! 그러니 더 이상 만들어 드릴 수 없습니다."

이반은 아주 완강한 태도로 더 이상 군사를 만들려고 하지 않았다. 그러자 이번엔 배불뚝이 타라스가 금화를 더 만들어 달라고 조르기 시작했다.

이반은 이번에도 고개를 저으며 대답했다.

"이제 더 이상 금화를 만들어 드리지 않겠습니다."

"그게 무슨 소리야? 전에 약속하지 않았느냐?"

"약속은 했지만, 어쨌든 더 이상 만들지 않겠습니다."

"어째서 만들지 않겠다는 것이냐, 이 바보 녀석아!"

"그건 형님의 금화가 미하일로브나에게서 암소를 빼앗아 갔기 때문입니다."

"어째서 빼앗겼다는 것이냐?"

"어떻게 빼앗겼는지 말하지요. 미하일로브나에겐 암소가 한 마리 있어서 아이들이 우유를 먹을 수 있었습니다. 그런데 최근에 그 집 아이들이 제게 찾아와 우유를 달라고 조르는 겁니다. 그래서 너희 집 암소는 어쩌고 우유를 달라는 거냐고 물었습니다. 그랬더니 배불뚝이 타라스의 관리인이 와서 금화 세 닢을 주자 엄마가 암소를 내줘 버려 이젠 먹을 우유가 없다는 겁니다. 저는 형님이 금화를 가지고 재미있는 놀이를 하고 싶어 한다고 생각했는데 형님은 아이들에게서 암소를 빼앗아 갔습니다. 그러니 더 이상 만들어 드릴 수 없습니다!"

이반은 이번에도 아주 완강한 태도로 더 이상 금화를 만들어 주지 않았다. 결국 두 형은 허탕을 치고 돌아갔다.

길을 떠나면서 두 사람은 자신들의 골칫거리를 어떻게 해결해야 할지 고민했다. 세묜이 말했다.

"자, 이렇게 하자. 너는 군사들을 먹일 돈을 내게 줘. 그럼 나는 네 돈을 지키도록 내 군사들과 더불어 나라의 절반을 줄 테니."

타라스가 이 말에 동의했다. 두 형제는 가지고 있는 것을 서로 나누어 가지고 둘 다 왕이 되었고 또 부자가 되었다.

8.

이반은 여전히 자신의 집에서 살면서 부모님을 봉양하였고, 벙어리이자 귀머거리인 누이와 함께 들에서 일을 하였다.

언젠가 한번은 이반의 집에서 기르던 늙은 개가 병이 나 죽게 생겼다. 이를 불쌍히 여긴 이반이 누이에게서 얻은 빵을 모자 속에 담아 가지고 가서 개에게 던져 주었다. 그런데 모자에 구멍이 뚫려 있어서 작은 악마가 준 풀뿌리의 줄기 하나가 빵과 함께 떨어졌다. 늙은 개가 빵과 함께 그것을 주워 먹었다. 그 줄기를 먹자마자 어디서 힘이 생겼는지 늙은 개가 갑자기 뛰어오르더니 장난을 치기도 하고, 짖기도 하고, 꼬리를 흔들기도 하였다. 병이 말끔히 나은 것이었다.

이반의 아버지가 이것을 보고 깜짝 놀라 물었다.

"무엇으로 개를 낫게 한 것이냐?"

이반이 대답했다.

"제게 어떤 병이든 낫게 하는 줄기 두 개가 달린 풀뿌리가 있는데, 그중 줄기 하나를 개가 먹은 겁니다."

마침 그 무렵 그 나라의 공주가 병에 걸렸다. 그래서 왕은 누구든지 공주의 병을 고쳐 주는 자에게 크게 상을 내릴 것이며, 그자가 결혼을 하지 않았다면 자신의 사위로 삼겠다는 내용의 방을 모든 도시와 촌락에 써 붙였다. 이반의 마을에도 이러한 방이 나붙었다.

그러자 아버지가 이반을 불러 말했다.

"왕께서 방을 써 붙였다는 것을 너도 들었겠지? 너에게는 어떤 병이든 치료할 수 있는 풀뿌리가 있으니 가서 공주님의 병을 낫게 해 드려라. 그러면 너는 평생토록 행복을 누릴 수 있을 것이다."

"그럼, 그렇게 하지요."

대답을 하고 이반은 떠날 채비를 하였다. 이반은 부모님이 입혀 준 옷을 걸치고 대문을 나오다가, 손이 굽은 여자 거지가 서 있는 것을 보게 되었다.

"듣자 하니 당신은 무슨 병이든 고친다면서요? 손이 이래서 스스로 신발조차 신을 수 없으니 제발 좀 고쳐 주구려."

이반이 대답했다.

"좋습니다. 고쳐 드리지요."

그러고는 하나 남은 풀뿌리 줄기를 꺼내 여자 거지에게 주고 삼키라고 하였다. 줄기를 삼킨 여자 거지는 금세 병이 나아 아팠던 손을 흔들어 보였다. 이반의 부모님은 왕에게 가려던 아들을 배웅하러 나왔다가 이반이 마지막 남은 풀뿌리 줄기를 여자 거지에게 줘 버린 것을 보았다. 아버지는 공주를 치료할 방도가 없게 되었음을 알고 아들에게 싫은 소리를 하였다.

"그래, 거지는 불쌍하게 여기면서 공주님은 가엾지도 않은 모양이구나!"

그 말을 들으니 이반은 공주가 가엾다는 생각이 들었다. 그래서 마차에 상자를 얹고 짚을 쌓고 앉아 떠나려고 했다.

"어딜 가려는 것이냐, 이 바보 녀석아?"

"공주님의 병을 고쳐 드리러 갑니다."

"하지만 이제 네게는 아무것도 없지 않느냐?"

어쨌든 상관없다고 대답하고 이반은 말을 몰았다. 그런데 이반이 왕이 사는 궁궐에 도착하여 막 안으로 들어서자마자 공주의 병이 씻은 듯이 나았다.

왕은 매우 기뻐하며 이반을 불러들여서 좋은 옷을 입히고 말했다.

"내 사위가 되어 주게나."

"좋습니다."

이반은 공주와 결혼을 했다. 그리고 얼마 지나지 않아 왕이 죽어 이반은 왕이 되었다. 그리하여 삼 형제가 모두 왕이 되었다.

9.

삼 형제가 모두 각자 자신의 나라를 다스리며 살았다.

맏형인 군인 세몬은 자신의 나라에서 아주 잘 살았다. 그는 짚으로 만든 군사들을 바탕 삼아 진짜 군사들을 모집하였다. 그는 열 집마다 한 명씩 키가 크고 살갗이 희며 얼굴이 깨끗한 청년을 징발하라고 온 나라에 명령을 내렸다. 그런 군사를 많이 모아 잘 훈련시켰다. 그는 자신의 뜻을 거스르는 자가 있으면 바로 군사들을 보내 마음대로 해결하곤 하였다. 그러자 사람들이 그를 무서워하게 되었다.

세몬은 아주 호화로운 생활을 하였다. 머리에 떠오르는 것이나 눈에 보이는 것은 모두 그의 소유가 되었다. 군사들만 보내면 필요한 건 무엇이든 빼앗아 올 수 있었다.

배불뚝이 타라스도 아주 잘 살았다. 그는 이반에게서 얻은 돈을 낭비하지 않고 더 큰돈을 버는 밑천으로 삼았다. 그는 자신의 나

라에 그럴싸한 제도를 만들어서, 자신의 돈은 궤짝 속에 넣어 둔 채 백성들로부터 돈을 쥐어짜 냈다. 인두세, 보드카나 맥주 등에 붙는 주세, 결혼세, 장례세, 통행세, 거마세, 짚신세, 발감개세, 옷끈세 등 온갖 명목으로 세금을 거두어들였다. 그리하여 생각할 수 있는 모든 것이 그의 수중에 들어오게 되었다. 사람들은 일자리를 구하거나 돈을 얻기 위해 그를 찾아와 가지고 있던 물건을 모두 내놓았다. 누구나 돈이 필요하기에 어쩔 수 없었다.

 바보 이반의 생활도 그리 나쁘지 않았다. 그는 장인의 장례식을 치르자마자 왕의 의복을 모두 벗어 상자에 넣어 두라고 아내에게

주었다. 그러고는 다시 전에 입던 마 윗도리와 통이 좁은 바지를 입고 짚신을 신더니 일을 했다.

"너무 답답해서 못 견디겠어. 자꾸 배만 나와서 먹을 수도 잘 수도 없으니 말이야."

그는 부모님과 벙어리 누이를 자신의 나라로 불러와 함께 일을 했다. 그러자 사람들이 말했다.

"당신은 왕이십니다!"

"물론 그렇지. 하지만 왕도 먹어야 해."

한번은 대신이 그에게 찾아와 말했다.

"지금 이 나라에는 급료를 줄 돈이 없사옵니다."

"돈이 없으면 안 주면 되지."

"그러면 나랏일을 보려 하지 않을 겁니다."

"그러라고 하게. 나랏일을 보지 않으면 더 자유롭게 자기 일들을 할 수 있겠지. 자, 다들 거름이나 내놓으라고 해. 거름은 많이 만들어 놓았을 테니."

한번은 사람들이 재판을 받기 위해 그를 찾아왔다. 한 남자가 말했다.

"저자가 제 돈을 훔쳤습니다."

그러자 이반이 말했다.

"저자에게 돈이 급히 필요했던 게로군."

이 일로 인해 모든 사람이 이반이 바보라는 사실을 알게 되었다. 아내가 그에게 말했다.

"사람들이 왕이 바보라고 한답니다."

"하는 수 없지."

이반의 아내는 생각하고 또 생각했다. 그러나 그녀 역시 바보였다.

"어찌 제가 남편의 뜻을 거스를 수 있겠습니까? 바늘 가는 곳에 실도 가는 법이지요."

그러고는 왕비의 의복을 벗어 상자 안에 넣어 두고 남편의 벙어리 누이에게 일을 배웠다. 그리고 나서는 남편의 일을 거들었다.

이리하여 이반의 나라에는 똑똑한 사람들은 모두 떠나고 바보들만 남게 되었다. 어느 누구에게도 돈이라는 것은 없었다. 모두 일을 하여 스스로 먹었고, 서로 도와주면서 살았다.

10.

큰 악마는 작은 악마들이 삼 형제를 파멸시켰다는 소식을 학수고대하였으나 아무런 소식도 들을 수 없었다. 사정을 알아보기 위해 직접 가서 여기저기 살펴보았지만, 찾아낸 것이라고는 구멍 세 개뿐이었다.

'아무래도 실패한 모양이야. 그렇다면 내가 직접 하는 수밖에 없겠어.'

큰 악마는 이반의 형제들을 찾으러 가 보았으나 예전에 살던 집에는 아무도 없었다. 그는 형제들을 각각 다른 나라에서 찾아냈다. 삼형제 모두 나라를 다스리며 잘 살고 있었다. 큰 악마는 화가 났다.

"내가 모두 해치워 버리겠어!"

먼저 그는 세몬의 나라로 갔다. 그는 자신의 모습을 감추고 장군으로 변신하여 세몬을 찾아갔다.

"세몬 왕이시여, 저는 왕께서 대단히 뛰어난 군인이라고 들었습니다. 그래서 전쟁에 대해 배우고 익힌 저의 재주로 폐하를 섬기고자 합니다."

세몬은 여러 가지를 물어보고는 똑똑한 사람이라고 여겨 그를 받아들였다.

세몬의 새 장군이 된 그는 어떻게 하면 강력한 군대를 만들 수 있는지에 대해 설명했다.

"첫째, 군사들을 더 많이 모아야 합니다. 지금 이 나라에는 어리석게 먹고 노는 자들이 많습니다. 특히 젊은 사람들은 무조건 징집해야 합니다. 그러면 전하의 군대는 전보다 다섯 배는 더 강해질 것입니다. 둘째, 신식 소총과 대포를 만들어야 합니다. 콩이라도 뿌려 대듯이 한 번에 백 발의 총알이 나가는 소총을 만들어 드리겠습니다. 무엇이든 불로 태워 버릴 수 있는 대포도 만들어 드리겠습니다. 사람이건 말이건 성벽이건 모조리 태워 버릴 수 있습니다."

세몬은 그의 제안대로 젊은이들을 모조리 군대에 징집할 것을 명하고, 새로 공장을 세워 신식 소총과 대포를 만들어 이웃 나라에 싸움을 걸었다. 전쟁이 벌어지자 세몬은 총알과 포탄을 마구 퍼부으라고 명령을 내려 단숨에 적군을 쳐부수고 그 절반을 불태워 버렸다. 크게 놀란 이웃 나라 왕이 항복을 하고 자신의 나라를 바쳤다. 세몬이 기뻐하며 말했다.

"이번엔 인도를 정복하겠다."

그러나 인도 왕은 세몬의 군대에 대한 소문을 듣고 전략을 그대로 따라 하였을 뿐만 아니라, 거기에 새로운 전략까지 덧붙였다. 젊은 남자들뿐만 아니라 결혼하지 않은 여자들까지 모두 군대에 징집하여 군사 수가 세몬의 군대보다 훨씬 더 많아졌다. 소총과 대포도 세몬의 것을 따라 한 데다, 하늘을 날아다니며 머리 위에서 폭탄을 던지는 방법까지 고안해 냈다.

드디어 세몬이 인도 왕에게 싸움을 걸었다. 그는 지난번과 같이 쉽게 정복할 수 있으리라 생각했다. 하지만 날카로운 낫도 항상 잘 들지는 않는 법이다. 인도 왕은 군사들에게 세몬의 군대가 사용하는 총포의 사정거리 안으로 들어가지 않으면서 하늘에서 세몬의 군대에 폭탄을 던지게 하였다. 여자 군사들은 바퀴벌레에게 붕산을 뿌리듯 공중에서 세몬의 군대에 폭탄을 퍼부었다. 그러자 세몬의 군사들은 혼비백산하여 줄행랑을 쳤다. 인도 왕이 세몬의 나라를 정복하였고, 세몬은 발이 가는 대로 정신없이 도망을 쳤다.

맏형을 해치운 큰 악마는 이번엔 타라스를 찾아갔다. 상인으로 변신해 타라스의 나라로 간 그는 장사판을 벌여 돈을 마구 뿌려 댔다. 어떤 물건이든 높은 값을 쳐 주었기 때문에 사람들이 저마다 그를 찾아왔다. 곧 사람들의 주머니가 두둑해져 체납금을 다 냈을 뿐만 아니라, 어떤 세금이든 기한 안에 갖다 바쳤다.

타라스는 마음이 흡족했다. 더 많은 세금을 거둬들이면 사는 것도 훨씬 나아질 테니 참으로 고마운 상인이라고 생각했다. 그는 새 궁전을 짓기 시작했다. 품삯을 많이 줄 테니 목재와 돌을 나르는 등 궁전 짓는 일을 하러 나오라고 백성들에게 명을 내렸다. 전과 마찬가지로 백성들이 돈을 벌러 몰려오리라 생각했다. 그런데 어찌된 일인지 아무도 오지 않았다. 일꾼은 물론이고 목재와 돌마저도 모두 상인에게로 몰려갔던 것이다. 타라스가 품삯을 올리면 상인은 매번 더 많은 품삯을 제시하였다. 공사를 시작한 타라스의 궁전은 좀처럼 완성되지 않았다.

타라스는 정원을 만들 계획도 가지고 있었다. 가을이 되자 정원을 만들라고 백성들에게 명을 내렸지만, 역시 일을 하러 오는 사람이 아무도 없었다. 모두 상인의 집에 연못을 파러 가 버린 때문이었다. 그러는 사이 겨울이 되었다.

타라스는 새 외투를 만들기 위해 검은색 담비 가죽을 사 오라고 신하를 보냈다. 그랬더니 신하가 돌아와 말했다.

"상인이 비싼 값으로 모두 사들여 검은색 담비 가죽이 없다고 합니다. 검은색 담비 가죽으로 양탄자까지 만들었다고 합니다."

한번은 종마가 필요하여 신하를 보내 사 오라고 하였다. 그런데 신하가 다녀와서는 "좋은 종마는 모두 상인이 가지고 있는데 못에 댈 물을 나르고 있다"고 했다.

아무도 타라스의 일은 하지 않고 상인의 일만 하려고 하였다. 그리고 상인에게 받은 돈으로 세금만 낼 뿐이었다.

그리하여 타라스는 쌓아 둘 데가 없을 정도로 돈이 넘쳤지만 살기가 몹시 어려워졌다. 새로운 계획 같은 것은 모두 단념한 채 어찌 살아갈 것인지 궁리를 하였으나, 생활이 점점 힘들어지고 옹색해졌다. 요리사, 마부, 하인 할 것 없이 모두 상인에게로 가 버렸다. 이젠 먹을 음식조차 구할 수가 없었다. 시장에 물건을 사러 가도 상인이 이미 모두 사 버린 다음이라 아무것도 없었다. 한편 백성들은 계속해서 세금으로 타라스에게 돈을 가져다 바쳤다.

잔뜩 화가 난 타라스는 상인을 나라 밖으로 쫓아내 버렸다. 그러나 상인은 국경선 바로 옆에 정착하여 하던 일을 계속했다. 사람들은 상인의 돈을 보고 모두 그에게로 몰려들었다. 하루 종일 아무것도 먹을 수 없을 정도로 타라스는 형편이 말이 아니었다. 심지어는 상인이 타라스의 부인인 왕비까지 사려 한다는 소문이 돌았다. 타라스는 완전히 주눅이 들어 어떻게 해야 할지 몰랐다.

그러던 차에 형인 세몬이 찾아왔다.

"나 좀 도와주게. 전쟁에서 인도 왕에게 패하고 말았네."

그러나 타라스 자신도 온몸이 꽁꽁 묶여 있는 것과 같은 처지였다.

"저도 이틀 동안이나 아무것도 먹지 못했습니다."

11.

큰 악마가 두 형을 처리하고 이반에게 갔다. 장군으로 변신한 그는 이반을 찾아가 군대를 만들어야 한다고 설득했다.

"군대가 없는 왕은 아무래도 체통이 서질 않습니다. 명령만 내려 주시면 제가 백성들을 불러 모아 훌륭한 군대를 만들어 드리겠습니다."

이반이 그의 말을 듣고 말했다.

"좋아, 그럼 어디 한번 만들어 보거라. 그런데 군사들에게 노래를 잘 부르도록 가르쳐야 해. 난 그게 좋으니까 말이야."

큰 악마는 이반의 나라를 돌아다니면서 지원병을 모으기 시작했다. 군대에 지원하는 자에게는 보드카 한 통과 붉은색 모자를 주겠다고 선전했다.

그러자 이반의 나라에 사는 바보 백성들이 코웃음을 치며 말했다.

"술은 우리에게도 얼마든지 있어요. 우리가 직접 빚어 먹으니까요. 그리고 모자도 알록달록한 것이든 술이 달린 것이든 원하는 대로 여자들이 만들어 준답니다."

아무도 군대에 지원하는 사람이 없자 큰 악마는 다시 이반을 찾아갔다.

"이 나라의 바보 백성들이 아무도 군대에 지원하지 않습니다. 그러니 힘으로라도 밀어붙여야 할 것 같습니다."

"좋아, 그럼 어디 힘으로 밀어붙여 보게."

큰 악마는 백성들이 모두 군대에 지원해야 하며, 이를 어기는 자는 이반 왕이 참형에 처할 거라는 방을 붙였다.

그러자 바보 백성들이 장군을 찾아가서 말했다.

"장군님은 우리가 군대에 가지 않으면 왕께서 참형에 처할 거라고 했지만, 군대에 가면 어떻게 될 것인지 말하지 않았습니다. 그런데 군대에 가면 목숨을 잃게 된다고 사람들이 말하더군요."

"물론 그런 일이 없는 것은 아니지."

그러자 바보들이 아주 강한 어조로 말했다.

"그렇다면 우린 군대에 가지 않겠습니다. 어차피 죽어야 한다면 차라리 집에서 죽는 것이 더 낫겠어요."

"너희는 정말 바보로군. 이 바보 놈들아! 군사가 되면 죽을 수도 있고 안 죽을 수도 있지만, 군대에 가지 않으면 이반 왕께서 모두 참형에 처할 거란 말이야."

바보들은 곰곰이 생각해 보다가 자신들의 왕인 바보 이반을 찾아갔다.

"어떤 장군이 나타나서 우리에게 군사가 되라고 합니다. 그는 우리가 군사가 되면 죽을 수도 있고 그렇지 않을 수도 있지만, 군사가 되지 않으면 이반 왕께서 참형에 처할 거라고 합니다. 이 말이 사실입니까?"

이반이 웃음을 터뜨렸다.

"어떻게 나 혼자서 그대들을 모두 처형할 수가 있겠느냐? 내가 바보만 아니었다면 설명을 잘해 주었을 텐데, 나도 뭐가 뭔지 통 모르겠구나."

"그렇다면 저희는 군대에 가지 않겠습니다."

"좋다, 그렇게 하여라."

그러자 바보들이 장군을 찾아가서 군사가 되지 않겠다고 했다.

큰 악마는 일이 잘되지 않자 타라칸 왕을 찾아가 비위를 맞추며 말했다.

"싸움을 걸어 이반 왕을 치시지요. 그 나라에 돈은 별로 없지만 곡식이며 가축이며 그 밖의 온갖 것들은 넘쳐 납니다."

큰 악마의 꼬임에 넘어간 타라칸 왕이 싸움을 걸기로 했다. 그는 큰 군대를 만들고 총과 대포를 갖춘 후 국경을 넘어 이반의 나라로 쳐들어왔다.

백성들이 이반 왕에게 달려와 이 사실을 알렸다.

"타라칸 왕이 군대를 이끌고 공격해 오고 있습니다."

"뭐, 좋아. 오라고 하라지."

국경을 넘은 타라칸 왕은 이반의 군대를 살펴보라고 군사들을 보냈다. 군사들은 아무리 살펴보아도 이반의 군대를 찾을 수가 없었다. 혹시 어디서 갑자기 나타날까 싶어 기다리고 또 기다려 보았지만, 이반의 군대에 대한 뜬소문조차 들을 수가 없었다. 아예 싸울 상대조차 없었던 것이다.

타라칸 왕이 다시 군사를 보내어 한 마을을 점령하게 하였다. 군사들이 마을에 들이닥치자, 이반의 바보 백성들이 뛰어나와 무슨 일인가 싶어 군사들을 쳐다보았다. 군사들이 바보들에게서 곡식과 가축을 빼앗았다. 그런데 바보들은 그것을 막으려 하지도 않고 무엇이든 선선히 내주는 것이었다. 군사들이 다른 마을로 가 보았으나 역시 마찬가지였다. 하루고 이틀이고 계속해서 돌아다녀 보았지만 가는 곳마다 마찬가지였다. 이 나라 사람들은 자신을 지키려 하지도 않고 오히려 가진 것을 모두 내주면서 "여기 와서 함께 살자"고 말하는 것이었다.

"이보시게들, 당신네 나라에서 살기가 힘들면 여기 와서 살구려."

군사들은 아무리 돌아다녀 보아도 이반의 군대를 찾을 수가 없었다.

군사들은 맥이 풀렸다. 그래서 자신들의 왕에게 가서 말했다.

"저희는 싸움을 할 수가 없습니다. 그러니 다른 곳으로 보내 주십시오. 전쟁이라도 있다면 모르지만, 이곳 사람들을 공격한다는 것은 마치 젤리를 칼로 자르는 것과 같아, 더 이상 여기 있을 수 없습니다."

타라칸 왕은 화가 치밀어 올랐다. 그래서 군사들에게 온 나라를 돌아다니며 모든 마을을 파괴하고 집과 곡식을 불태우고 가축을 죽이라고 명령하였다.

"명령에 따르지 않는 자는 가차 없이 처형하겠노라."

놀란 군사들이 왕의 명령대로 집과 곡식을 태우고 가축을 죽이기 시작했다. 바보들은 여전히 제 몸을 지키려 하지도 않고 그저 눈물만 흘릴 뿐이었다. 할아버지들도 울고 할머니들도 울고 어린아이들도 울었다.

"왜 당신들은 우리를 못살게 구는 겁니까? 어째서 선한 마음으로 사는 우리를 괴롭힙니까? 필요한 것이 있으면 그냥 가져가면

되지 않습니까?"

군사들은 우울한 기분이 들어 계속하고 싶은 마음이 없어졌다. 그래서 돌아다니며 괴롭히던 짓을 그만두었다. 결국 군대는 뿔뿔이 흩어지고 말았다.

12.

큰 악마는 결국 실패하였다. 군사들의 힘으로는 이반을 골탕 먹일 수가 없었던 것이다.

그러던 어느 날 큰 악마가 이번에는 말쑥한 신사로 변신하여 다시 이반의 나라로 갔다. 배불뚝이 타라스에게 했던 것처럼 돈으로 이반을 곯려 주려는 것이었다.

"저는 지혜로운 생각을 가르쳐 선한 일을 해 보려 합니다. 먼저 폐하의 나라에 집을 지었으면 합니다."

"좋아, 그럼 여기서 집을 짓고 살도록 하여라."

이튿날 아침 말쑥한 신사는 금화가 가득 들어 있는 자루와 종이를 들고 마을 광장으로 나가 사람들에게 말했다.

"여러분은 모두 돼지처럼 살고 있소. 그래서 내가 어떻게 살아야 하는지 가르쳐 주고자 하오. 먼저 이 설계도 대로 집을 지으시오. 내가 이르는 대로 일을 하면 이 금화를 드리겠소."

신사는 사람들에게 금화를 보여 주었다. 바보 백성들은 깜짝 놀랐다. 그들의 관습에는 돈이라는 것이 없었다. 서로 물물 교환을 하거나 품앗이를 했기 때문이다. 그들은 금화를 보고 놀라서 말했다.

"아주 좋은 물건이군요."

사람들은 물건으로 금화를 바꾸거나, 일을 해 주고 품삯으로 금화를 얻기 위해 신사에게 드나들기 시작했다. 신사는 타라스의 나라에서 했던 것처럼 금화를 뿌려 댔다. 사람들은 금화를 얻기 위해 물건을 이것저것 가져다주고 온갖 일을 해 주었다.

큰 악마는 무척 기뻤다.

'일이 순조롭게 잘되는구나! 이번에야말로 저 바보 놈을 타라스처럼 파멸시켜 버리고 말겠어. 그것도 아주 완전히 말이야.'

바보들은 금화를 얻어 여자들과 아이들에게 모두 나누어 주었다. 아낙네들은 목걸이를 만들었고 아가씨들은 땋은 머리에 달고 다녔다. 아이들은 거리에서 금화를 가지고 놀았다. 모두 금화를 갖게 되자 사람들은 더 이상 금화에 욕심을 내지 않았다. 신사는 대궐 같은 집을 아직 절반도 짓지 못했고 곡식과 가축을 1년 치도 비축하지 않았다. 신사는 사람들에게 일을 하러 오거나 곡식이나 가축을 가지고 오라고 했다. 어떤 물건이건 어떤 일을 해 주건 그 값으로 많은 금화를 주겠다고 했다.

그러나 아무도 그에게 일을 하러 가지 않았고 물건으로 금화를 바꾸려 하지도 않았다. 사내아이나 여자아이들이 계란으로 금화를 바꾸러 가는 일은 가끔 있었으나, 그 외에는 찾아가는 사람이 없었다. 결국 신사에게는 먹을 것이 하나도 남지 않게 되었다. 배가 고파진 신사는 먹을 것을 사기 위해 마을로 갔다. 어느 집에 들어가 금화를 내밀며 닭을 팔라고 하였으나 안주인은 고개를 저었다.

"금화는 우리 집에도 많은걸요."

이번에는 고기잡이를 하는 사람 집에 들러 청어를 사려고 금화를 내밀었다.

"금화는 필요 없어요. 우린 애들도 없어 갖고 놀 사람도 없는걸요. 귀한 물건이라기에 금화 세 닢을 구해 놨지요."

그다음엔 빵을 사려고 어느 농부 집에 들어갔다. 그러나 농부도 금화를 받으려 하지 않았다.

"우린 그런 거 필요 없어요. 혹시 동냥을 다니는 거라면 하나님을 위해서라도 잠깐 기다리세요. 아내에게 말해서 빵을 좀 내오라고 할 테니."

큰 악마는 침을 뱉고는 농부 집에서 재빨리 도망쳐 나왔다. 빵을 적선받는 것이 문제가 아니라, 하나님이란 말을 듣는 것이 무서웠던 것이다. 결국 그는 빵도 얻지 못하고 말았다.

어디를 가 보아도 사람들은 충분히 가지고 있다며 금화를 받고 물건을 주려 하지 않았다.

"아무거나 다른 걸 가져오세요. 아니면 일을 하거나 차라리 동냥을 다니세요."

큰 악마는 금화 외에 아무것도 가진 것이 없는 데다 일을 하기도 싫었다. 그렇다고 동냥을 다닐 수도 없는 노릇이었다. 큰 악마는 화가 치밀어 올랐다.

"금화를 주는데 뭐가 더 필요하단 말이오? 이걸로 필요한 걸 사거나 일꾼을 부리면 되지 않소."

그러나 바보들은 그의 말을 듣지 않았다.

"아니요, 금화는 필요 없어요. 우린 돈을 내거나 세금을 내지 않는데 그까짓 금화 따위를 어디에 쓴단 말이에요?"

큰 악마는 아무것도 먹지 못한 채 잠자리에 들었다.

사람들이 찾아와 물어보는 통에 이반도 이 일에 대해 알게 되었다.

"저희가 어찌하면 좋겠습니까? 얼마 전에 먹고 마시고 근사한 옷을 차려입기 좋아하는 한 말쑥한 신사가 나타났습니다. 일하는 것을 싫어하고 동냥을 다니지도 않으면서 그저 사람들에게 금화를 내밀기만 합니다. 전에 금화를 가지지 못했을 때는 사람들이 그에게 무엇이든 가져다주었는데 이제는 아무것도 주지 않습니다. 그 사람을 어떻게 하면 좋을까요? 굶어 죽지나 말아야 할 텐데요."

이반이 이야기를 듣고 나서 말했다.

"그래, 굶어 죽게 할 수는 없지. 목자처럼 집집마다 돌아다니며 얻어먹게 하여라."

할 수 없이 큰 악마는 이 집 저 집 돌아다니며 얻어먹었다. 그러다 이반의 궁궐에서 얻어먹을 차례가 되었다. 큰 악마가 점심을 먹으러 가 보니 이반의 벙어리 누이가 식사 준비를 하고 있었다. 그녀는 전에 게으름을 피우는 사람들에게 종종 속은 적이 있었다. 일을 하지 않은 사람들이 시간보다 일찍 와서는 음식을 죄다 먹어 치웠던 것이다. 그 후로 벙어리 누이는 사람들의 손을 보고 게으름뱅이를 구별해 냈다. 손에 굳은살이 박인 사람은 식탁에 앉히고 그렇지 않은 사람에게는 먹고 남은 찌꺼기를 주었다. 큰 악마가 식탁에 앉자 벙어리 누이가 그의 손을 잡고 들여다보았다. 굳은살도 없이 손이 깨끗하고 매끈한 데다 손톱이 길게 자라 있었다. 벙어리 누이는 뭐라고 웅얼거리면서 큰 악마를 식탁에서 밀쳐 냈다.

그걸 본 이반의 아내가 말했다.

"신사 양반께는 미안하지만, 우리 시누이는 손에 굳은살이 없는 사람은 식탁에 앉히지 않는답니다. 잠깐 기다렸다가 사람들이 식사를 마치고 남은 것을 드세요."

궁궐에서조차 자기에게 돼지와 똑같이 먹이려 한다는 생각에

화가 난 큰 악마가 이반에게 말했다.

"폐하의 나라에는 모든 사람이 손으로 일을 해야 한다는 어리석은 법이 있는 모양입니다. 그러나 이것은 여러분이 어리석기 때문에 그런 것입니다. 사람들이 정말 손으로만 일을 한다고 보십니까? 폐하께서는 영리한 사람들이 무엇으로 일을 한다고 생각하십니까?"

이반이 말했다.

"바보인 우리가 어찌 알겠는가. 우리는 그저 손과 등으로만 버티고 있는걸."

"그건 바로 여러분이 바보이기 때문입니다. 이제 제가 어떻게 머리로 일을 하는지 가르쳐 드리겠습니다. 그러면 손보다는 머리로 일을 하는 것이 훨씬 이득이라는 걸 알게 될 겁니다."

이반이 깜짝 놀라며 말했다.

"그래서 우리를 바보라고 불렀던 게로군!"

큰 악마가 말했다.

"머리로 일을 하는 것이 결코 쉽지는 않습니다. 지금 여러분은 제 손에 굳은살이 없다고 먹을 것을 주지 않습니다만, 머리로 일하는 것이 백배는 어렵습니다. 때로는 머리가 아파서 깨지니까 말입니다."

그 말을 듣고 이반이 잠시 생각을 하더니 말했다.

"여보게, 왜 자신을 그렇게 괴롭히나? 머리가 깨진다는 게 어디 쉬운 일인가? 차라리 손과 등을 써서 하는 편이 훨씬 수월하겠네."

큰 악마가 대답했다.

"제가 바보인 여러분을 불쌍히 여기기 때문입니다. 제가 스스로를 괴롭히는 방법을 쓰지 않으면 여러분은 영원히 바보로 살아가야 할 것입니다. 이제 제가 머리로 일하는 법을 가르쳐 드리겠습니다."

"그래, 가르쳐 주게. 손이 아프면 머리로 대신하게 말이야."

큰 악마가 흔쾌히 그러겠다고 약속했다.

이반은 훌륭한 신사가 손으로 하는 것보다 훨씬 더 많은 일을 할 수 있는 '머리로 일하는 법'을 가르쳐 줄 테니 와서 배우라는 내용의 방을 온 나라에 붙였다.

이반의 나라에는 사다리가 달린 높은 망루가 있었다. 이반은 모든 사람이 잘 볼 수 있도록 신사를 그곳으로 안내했다.

신사는 망루 위에 서서 사람들에게 외치기 시작했다. 바보들이 구경을 하러 모여들었다. 그들은 신사가 손을 쓰지 않고 머리로 일하는 것을 곧 보여 주리라 생각했다. 하지만 신사는 어떻게 하면 일을 하지 않고 살 수 있는지만 떠들 뿐이었다. 바보들은 그가 하는 말을 도무지 이해할 수 없었다. 그래서 한참을 구경하다가 각자 할 일을 하러 뿔뿔이 흩어졌다.

큰 악마는 하루 종일 망루 위에 서 있었다. 그다음 날도 온종일

서서 떠들었다. 그는 배가 고팠다. 바보들은 그가 손보다 머리로 일을 더 잘할 수 있다면, 머리로 빵 정도는 쉽게 만들 수 있으려니 생각하고 먹을 것을 가져다줄 생각은 아예 하지 않았다. 그 이튿 날도 큰 악마는 망루 위에 서서 계속 떠들어 댔다. 그러나 사람들은 잠시 바라보다가 이내 흩어져 버렸다. 이반이 이따금 사람들에게 물어보았다.

"그래, 신사가 머리로 일을 하기 시작했나?"

"아니요, 여전히 떠들기만 할 뿐입니다."

큰 악마는 하루를 더 망루에 서 있었다. 며칠 동안 온종일 아무 것도 먹지 못한 채 서 있던 그는 몸이 약해질 대로 약해져 비틀거리다가 그만 기둥에 머리를 부딪히고 말았다. 한 바보 백성이 이 것을 보고 이반의 부인에게 알려 주었다. 그녀는 들에 있는 남편에게 달려갔다.

"신사 양반이 드디어 머리로 일을 하기 시작했답니다. 어서 구경하러 가요."

"그래?"

이반은 말을 돌려 망루가 있는 곳으로 갔다. 이반이 오는 동안 굶주림으로 인해 완전히 쇠약해진 큰 악마는 이리저리 비틀거리면서 계속해서 기둥에 머리를 부딪히고 있었다. 그러다 이반이 도착한 순간 우당탕 소리를 내며 거꾸러지더니, 개수를 세기라도 하듯

머리로 사다리 발판을 차례로 박으며 떨어졌다.

"머리가 깨진다는 말이 사실이었군. 저렇게 일을 하다가는 굳은살이 아니라 머리에 커다란 혹이 생기겠어."

사다리 아래로 굴러떨어진 큰 악마는 머리를 땅속에 처박고 말았다. 이반은 신사가 얼마나 많은 일을 했는지 알아보기 위해 다가가려는데, 갑자기 땅바닥이 쫙 갈라지더니 큰 악마가 그 속으로 굴러 들어갔다. 그리고 그 자리엔 구멍만 남았다. 이반이 머리를 긁적였다.

"아니, 뭐 이런 놈이 다 있어! 또 악마 녀석이군. 덩치가 큰 걸 보니 그놈들의 아비가 틀림없어."

이반은 지금까지도 잘 살고 있고, 각지의 사람들이 그의 나라로 꾸준히 몰려들고 있다. 자신을 찾아온 두 형들도 그가 먹여 살리고 있다. 그는 누가 찾아와서 먹여 살려 달라고 하면 이렇게 말한다.

"좋아, 여기 와서 사시오. 우리에겐 모든 것이 충분하니까."

단, 이반의 나라에는 한 가지 규칙이 있다. 손에 굳은살이 있는 사람은 식탁에 앉을 수 있지만, 굳은살이 없는 사람은 남들이 먹다 남긴 찌꺼기를 먹어야 한다는 것이다.

두 노인

만약 그분이 오지 않았다면 우리는 모두 죄를 지은 채 죽었을 겁니다.
아무런 희망도 없이 하나님과 사람들을 원망하면서 말입니다.
그런데 그분은 우리를 일으켜 주었고, 하나님을 영접하고
선한 사람들을 믿게 했습니다.
우리 주 예수 그리스도여, 그분을 지켜 주소서!
그분은 짐승이나 다름없이 살던 우리를 사람으로 만들어 주었습니다.

여자가 말하기를 "선생님, 내가 보니, 선생님은 예언자이십니다."(요한복음 4장 19절)

우리 조상은 이 산 위에서 예배를 드렸는데, 선생님네 사람들은
예배드려야 할 곳이 예루살렘에 있다고 합니다." 하였다. (요한복음 4장 20절)

예수께서 말씀하셨다. "여자여, 나의 말을 믿어라.
너희가 이 산 위에서도 아니고 예루살렘에서도 아닌 데서
너희가 아버지께 예배를 드릴 때가 올 것이다."(요한복음 4장 21절)

너희는 너희가 알지 못하는 것을 예배하고, 우리는 우리가 아는 분을 예배한다.
구원은 유대 사람에게서 나기 때문이다. (요한복음 4장 22절)

참되게 예배를 드리는 사람들이, 영과 진리로 아버지께 예배를 드릴 때가 온다.
지금이 바로 그때다.
아버지께서는 이렇게 예배를 드리는 사람들을 찾으신다. (요한복음 4장 23절)

1.

   두 노인이 성지 예루살렘으로 순례를 떠나기로 했다. 한 사람은 예핌 타라스이치 쉐베로프라는 부자 농부였고, 다른 한 사람은 그다지 돈이 많지 않은 예리세이 보드료프였다.

   예핌은 보드카를 마시지도 않고, 담배를 피우지도 않고, 코담배도 하지 않는 착실한 농부였다. 평생토록 험한 말 한 번 한 적 없는 엄격하고 야무진 성격이어서, 두 번이나 마을 촌장을 지내면서도 사소한 부당 지출 한 번 없이 임기를 마쳤다. 식구도 많아서 두 아들과 결혼한 손자까지 있었으며, 모두 함께 살았다. 그는 얼핏 보기에도 건강해 보였다. 일흔의 나이에도 허리가 꼿꼿했으며, 이제 겨우 턱수염에 흰서리가 내리기 시작했을 뿐이다.

   예리세이는 부유하지도 가난하지도 않았다. 전에는 목수 일을 하러 다녔으나 나이가 든 후에는 집에서 꿀벌 치는 일을 했다. 첫째 아들은 벌이를 하러 나갔고, 둘째 아들은 집에서 일을 했다. 예리세이는 온화하고 쾌활한 사람으로, 보드카도 마시고 코담배도 즐겼으며 노래 부르는 것도 좋아했다. 또 성격이 온순하여 가족이나 이웃과도 사이좋게 지냈다. 그리 크지 않은 키에 거무스름한 얼굴과 곱슬거리는 턱수염을 길렀으며, 자신과 이름이 같은 선지자 성 예리세이처럼 대머리였다.

두 노인은 오래전에 함께 순례를 떠나기로 약속했지만, 예핌에게 계속 일이 생기는 바람에 도통 짬이 나지 않았다. 손자를 장가보내고 나면 막내아들이 군대에서 돌아왔다. 그런가 하면 얼마 전에는 새로 집을 지어야 했다. 한 가지 일을 끝냈다 싶으면 곧바로 다른 일이 생겼다.

어느 축제일에 두 노인이 우연히 만나 통나무 위에 나란히 걸터앉았다. 예리세이가 물었다.

"그래, 언제쯤 순례를 갈 수 있겠는가?"

예핌이 얼굴을 찡그리며 말했다.

"아직 좀 더 기다려야겠어. 올해는 영 일이 꼬이는군. 집 공사를 시작했을 땐, 100루블 정도면 될 줄 알았는데 벌써 300루블이나 들이부었는데도 끝이 보이질 않아. 아무래도 여름이나 돼야 끝날 것 같네. 하나님의 뜻이라면 그때쯤에는 갈 수 있겠지."

"내 생각에는 말이야, 그렇게 미루기만 해선 안 될 것 같아. 가려면 마음먹고 가야지. 봄이라 떠나기에는 지금이 딱 좋아."

"그건 그렇지만 일을 버려 두고 어떻게 가나?"

"일을 맡길 사람이 아무도 없단 말인가? 자네 아들이 어련히 잘 알아서 하겠나."

"뭘 알아서 한단 말인가! 아들놈은 믿음직스럽지가 않아. 아마 술이나 퍼마실 거야."

"우리가 죽고 나면 자식들도 다들 알아서 살겠지. 그리고 이제 자네 아들도 일을 배워야 하지 않겠는가."

"그야 그렇지. 하지만 내 눈으로 일이 모두 마무리되는 것을 보고 싶단 말일세."

"아이고, 이 친구야! 모든 일을 다 처리하려면 끝이 없어. 바로 얼마 전에는 우리 집 여자들이 축제일에 맞춰 빨래를 한다, 청소를 한다, 이래저래 난리법석을 피우더군. 제대로 다 하지도 못하면서 말일세. 그걸 보고 영리한 큰며느리가 '축제일이 우리를 기다려 주지 않고 다가와서 다행이에요. 아무리 일을 해도 전부 다 할 수는 없으니까요'라고 하더군."

예핌이 잠시 생각에 잠기더니 말했다.

"이번 공사에 돈이 여간 많이 들어간 게 아니야. 길을 떠나는데 빈손으로 갈 수도 없는 노릇이고. 100루블이 어디 적은 돈인가?"

예리세이가 웃으며 말했다.

"그러다가 죄받네. 자네 재산이 나보다 열 배는 더 많을 텐데 돈 핑계를 대서야 쓰겠나. 그런 소리 하지 말고 언제 떠날 것인지 말하게. 지금은 가진 돈이 없지만 그래도 떠나기로만 하면 어떻게든 마련할 수 있겠지."

"대단한 부자가 나셨군. 그래 돈은 어떻게 마련할 텐가?"

"온 집 안을 쑤시면 얼마쯤은 나올 테고, 모자라는 것은 바깥에 내다 놓은 벌통 열 개를 옆집에 팔면 채울 수 있다네. 전부터 계속 사겠다고 했으니까."

"옆집에 판 벌통에서 수확이 좋으면 속상할 텐데."

"속상할 거라고? 아닐세. 세상을 살면서 죄를 짓는 것 외에는 속상할 일이 없지. 영혼보다 소중한 건 없으니까 말이야."

"그야 그렇지. 하지만 집안일이 정리되지 않으면 마음이 편치 않거든."

"그보다는 우리 영혼이 정돈되어 있지 않으면 마음이 더 불편할 걸세. 어쨌든 이미 정한 일이니, 이제 가세나. 정말 떠나잔 말이야."

2.

마침내 예리세이는 친구를 설득했다. 예핌은 생각하고 또 생각한 끝에 다음 날 아침 예리세이를 찾아왔다.

"그래, 떠나세. 자네 말이 맞아. 죽고 사는 것은 모두 하나님의 뜻이네. 살아서 기운 있을 때 어떻게든 가야겠어."

일주일 후 두 노인은 떠날 준비를 마쳤다.

예핌은 집에 여윳돈이 좀 있었다. 노잣돈으로 쓰려고 100루블을 챙기고, 200루블은 아내에게 맡겼다.

예리세이도 준비를 끝냈다. 바깥에 내다 놓은 벌통 열 개를 이웃에게 팔고 거기서 생기는 애벌레도 모두 주기로 했다. 그렇게 해서 70루블을 마련했다. 나머지 30루블은 집 안 구석구석을 뒤지고 식구들에게서 조금씩 받는 것으로 해결했다. 아내는 장례 비용으로 준비했던 쌈짓돈을 내주었고 며느리도 자기 돈을 내놓았다.

　예핌은 어디서 얼마만큼의 건초를 베라든가, 거름은 어디에 쌓아 놓으라든가, 집 공사는 어떻게 하고 지붕은 어떻게 올리라든가 하는 일들을 큰아들에게 한 가지도 빠뜨리지 않고 일러두었다. 반면 예리세이는 이웃에 판 벌통의 애벌레를 잘 길렀다가 하나도 속이지 말고 모두 건네주라고 아내에게 당부했을 뿐, 집안일에 대해서는 아무 말도 하지 않았다. 일을 어떻게 해야 하는지는 각자 닥치면 알게 될 것이고, 어떻게든 잘해 내리라고 생각했다.

　두 노인은 떠날 준비를 끝마쳤다. 직접 과자를 굽고, 짐 보따리를 기우고, 천을 잘라 새 각반을 만들고, 새 신발과 갈아 신을 짚신을 챙겼다. 동구 밖까지 배웅을 나온 식구들과 작별을 하고 두 노인은 여행길에 올랐다.

　즐거운 마음으로 집을 나선 예리세이는 마을을 벗어나자마자 집안일 같은 것은 모두 잊었다. 여행 중에 친구의 마음을 편안하게 해 주고 언짢은 말을 하지 않아야겠다, 평온하고 좋은 마음으로 목적지까지 갔다가 집으로 무사히 돌아와야겠다는 생각만 했다. 예리세이는 길을 가면서 혼잣말로 기도문을 외우거나, 자신이 알고 있는 성자의 이야기를 되새겼다. 도중에 누군가와 동행하거나 숙소에 들면, 좀 더 부드럽게 대하고 하나님의 말씀을 전하자고 마음먹었다. 길을 걸으면서 그는 무척 즐거웠다. 그러나 마음대로 되지 않는 것이 하나 있었다. 담배를 끊으려고 담배쌈지를 일부러 집에 두고 온 것이 몹시 아쉬웠다. 그러던 차에 길을 가다 만난 어떤 사람에게서 담배를 얻었다. 예리세이는 친구에게 불편을 끼치지 않으려고 멀찍이 떨어져서 코담배의 향기를 맡았다.

예핌도 흐트러지지 않고 기운차게 잘 걸었다. 나쁜 짓도 하지 않고 쓸데없는 말도 하지 않았다. 하지만 마음이 편치 않았다. 집안일에 대한 걱정이 한시도 머리를 떠나지 않았기 때문이다.

'집안일이 어떻게 되고 있을까? 시켜 놓아야 할 일 중에 잊어버리고 그냥 온 것은 없나? 아들놈은 시킨 대로 잘하고 있을까?'

길을 가는 중에도 사람들이 감자를 심거나 거름을 운반하는 모습을 보면, 자신의 아들도 시킨 대로 하고 있을지 걱정이 됐다. 그런 때는 당장이라도 돌아가서 자신이 직접 일을 해치우고 싶은 충동이 일곤 했다.

3.

두 노인은 5주 동안 계속해서 걸었다. 집에서 가져온 신발이 다 떨어져 새로 사야 할 무렵, 소러시아에 도착했다. 집을 나선 후로 먹고 자려면 돈을 내야 했는데, 소러시아에 오니 사람들이 서로 앞을 다투어 자신의 집으로 잡아끌었다. 잠을 재워 주고 식사를 내

주고도 돈을 받지 않았을 뿐만 아니라 도중에 먹으라며 빵과 과자를 짐 보따리 속에 넣어 주었다.

며칠 후 두 노인은 700베르스타를 걸어서 한 마을을 지나 흉년이 든 어느 지방에 이르렀다. 그곳에서는 집으로 들여 공짜로 잠을 재워 주었으나, 먹을 것을 주지는 않았다. 아무도 빵을 주지 않았을 뿐더러 어떤 때에는 돈을 주고도 구할 수가 없었다. 사람들에게 들으니 지난해에 농사가 완전히 흉작이었다고 했다. 부자들은 파산해서 가진 것을 모두 내다 팔아야 했고, 중간쯤 사는 사람들은 빈털터리가 되었다. 가난한 사람들은 아예 다른 마을로 떠나든가 구걸을 하러 다녔고, 아니면 마을에서 근근이 목숨을 연명해 가고 있었다. 겨울 동안에는 왕겨나 명아주[+]로 겨우 끼니를 이었다고 했다.

어느 날 두 노인은 작은 마을에 들러 빵 15파운드를 사고 잠을 잔 후, 날이 더워지기 전에 조금이라도 많이 가기 위해서 동이 트기 전에 길을 나섰다. 10베르스타쯤 걸어가니 개울이 나왔다. 두 노인은 그곳에 잠시 앉아 찻잔에 물을 떠 빵을 적셔 먹고는 신발을 갈아 신었다.

앉아서 쉬는 동안 예리세이가 담배쌈지를 꺼냈다. 그러자 예핌

[+] **명아주** : 명아줏과의 한해살이풀. 어린잎은 붉은색을 띠고, 여름에 황록색 꽃이 이삭 모양으로 핀다. 어린잎은 먹을 수 있고 씨는 강장제 등으로 쓰인다.

이 머리를 가로저으며 말했다.

"어째서 자넨 해로운 담배를 끊지 못하는 건가!"

예리세이가 손을 내저었다.

"이 못된 습관을 이겨 내질 못하는군. 나도 어쩔 도리가 없네!"

두 노인은 일어나 다시 걸었다. 10베르스타쯤 가니 큰 마을이 나타났다. 마을을 다 빠져나올 때쯤 되자 날씨가 무척 더워졌다. 몹시 지친 예리세이는 잠시 쉬고 물도 마시고 싶었으나 예핌은 가던 길을 멈추지 않았다. 예핌이 너무 잘 걸어서 예리세이는 그 뒤를 쫓아가기가 힘들었다.

"물을 좀 마셨으면 좋겠네."

"그래, 좀 마시게. 나는 별로 생각이 없네."

예리세이가 걸음을 멈췄다.

"그럼 자넨 기다리지 말고 먼저 가게. 나는 저기 있는 농가에 들러 물을 얻어 마시고 서둘러 쫓아가겠네."

예핌은 그러라고 대답하고는 혼자서 걸어갔다. 예리세이는 농가가 있는 쪽으로 돌아섰다.

예리세이가 농가에 다가가 보니 회반죽 칠을 한 자그마한 집이 있었다. 지은 지 오래되어 아래쪽은 시꺼멓고 위쪽만 허연 데다 칠이 벗겨져 점토가 드러나 있고 지붕은 한쪽이 없었다. 집으로 들어가는 입구는 뒤뜰 쪽으로 나 있었다. 뒤뜰로 가 보니 소러시아식으로 윗도리를 바지 속으로 집어넣어 입은, 수염이 없는 비쩍 마른 남자가 토담 근처에 누워 있었다. 아마도 시원한 곳을 찾아 그곳에 누워 있는 모양이었으나, 지금은 해가 똑바로 그를 향해 내리쬐고 있었다. 그는 누워 있었으나 잠이 든 것 같지는 않았다. 물을 좀 얻어먹을 수 있냐고 말을 걸었지만 남자는 아무 대답이 없었다. 예리세이는 그가 병을 앓고 있거나 아니면 아주 무뚝뚝한 사람일 거라고 생각하며 문 쪽으로 다가갔다. 집 안에서 아이 우는 소리가 들렸다.

예리세이는 문고리를 두드리며 물었다.

"주인장 계시오?"

인기척이 없었다. 이번엔 지팡이로 문을 두드리며 외쳤다.

"이보시오!"

마찬가지로 아무런 대꾸도 없었다. 예리세이는 다시 한 번 소리쳤다.

"이보시오!"

여전히 아무 대답이 없었다. 그만 돌아서려는데 안에서 신음 소리가 들렸다. 분명 무슨 일이 생긴 게 분명하다고 생각한 예리세이는 집 안으로 들어가 확인해 보기로 했다.

4.

 문은 잠겨 있지 않았다. 그는 문을 밀고 안으로 들어가 현관을 지났다. 방으로 통하는 문도 열려 있었다. 방 안 오른쪽에는 벽난로가 있었고 정면은 상좌로 되어 있었다. 구석에는 성모상과 의자가 딸린 탁자가 있었다. 의자에는 두건도 쓰지 않은 한 노파가 속옷 바람으로 탁자 위에 머리를 얹고 앉아 있었다. 그 곁에는 못 먹어서 배가 둥그렇게 부풀어 오른, 밀랍처럼 얼굴빛이 어두운 사내아이가 노파의 옷소매를 잡아당기며 뭔가를 달라는 듯 조르며 칭얼거리고 있었다. 예리세이는 방 안으로 들어섰다. 어디선가 고약한 냄새가 났다. 둘러보니 벽난로 뒤쪽 침대에 한 여자가 누워 있었다. 그 여자는 엎드려서 사람을 쳐다보지도 못하고 가래 끓는 소리를 내며 한쪽 다리를 오므렸다 폈다 하고 있었다. 괴로운 듯 이리저리 뒤척이는 그녀에게서 악취가 풍겼다. 대소변을 가리지 못하는 모양인데, 수발을 들어 줄 사람이 없는 듯했다. 그때 노파가 고개를 들어 예리세이를 보더니 말했다.

 "무슨 일이요? 뭐가 필요한지는 모르지만 여긴 아무것도 없어요."

 말뜻을 알아차린 예리세이가 노파에게 다가가서 말했다.

 "난 그저 물이나 좀 얻어먹으려고 들어왔습니다."

 "아무것도 없다고 했잖아요. 물 뜨러 갈 사람도 없어요. 그러니 댁이 직접 가서 떠 마시구려."

예리세이는 이 집에 여자를 챙겨 줄 만한 건강한 사람은 없는지 물었다.

"네, 아무도 없어요. 뒤뜰에도 사람이 하나 죽어 가고 있는데, 우리는 여기서 이렇게 어쩌지도 못하고 있지요."

사내아이는 낯선 사람을 보더니 잠시 입을 다물었다. 그러다 노파가 말하는 것을 보고는 다시 옷소매를 잡아당기며 빵을 달라고 칭얼거렸다.

예리세이가 노파에게 다시 무언가를 물어보려는데 뒤뜰에서 본 남자가 비틀거리며 방 안으로 들어왔다. 그는 의자에 앉으려는 듯 간신히 벽을 잡고 안쪽으로 걸어왔으나, 다 오지도 못하고 문지방 앞에 쓰러졌다. 그러더니 일어나려 하지도 않고 누운 채로 말을 하기 시작했다. 한마디하고는 멈추고 또 한마디하고는 숨을 몰아쉬면서 말을 이었다.

"병에 걸렸는데…… 게다가 흉년이 들어…… 저놈도 굶어 죽게 생겼어요."

남자가 머리로 사내아이를 가리키더니 울기 시작했다.

예리세이는 어깨에 메고 있던 짐 보따리를 벗어 바닥에 내려놓았다가 다시 의자 위에 올려놓고 끌렀다. 그런 다음 빵을 꺼내 한 조각 잘라 남자에게 내밀었다. 그는 빵을 받지 않고 사내아이와 노파를 가리키며 주라고 하였다. 예리세이는 사내아이에게 빵을 주었다. 아이는 빵 냄새를 맡더니 바짝 다가와 두 손으로 빵 조각을 움켜쥐고 허겁지겁 먹었다. 그러자 벽난로 속에서 한 여자아이가 기어 나오더니 빵을 물끄러미 바라보았다. 예리세이는 그 아이에게도 빵 한 조각을 주고 한 조각을 더 잘라 노파에게도 주었다. 노파는 빵을 받아 들고 먹기 시작했다.

"입이 바싹 말라붙어서 물을 좀 마셨으면 좋겠는데…… 언젠지 기억도 잘 안 나지만…… 물을 길어 오려다가…… 그만 넘어지고 말았지. 누가 가져가지 않았다면 물통이 거기 어딘가 있을 텐데……."

예리세이는 우물이 어디 있는지 물었다. 노파가 일러 준 데로 가 보니 물통이 그대로 있었다. 그는 물을 길어 와 사람들에게 먹였다. 아이들과 노파는 물에 적셔 가며 빵을 더 먹었으나, 남자는 내키지 않는다며 먹지 않았다. 여자는 일어나지도, 정신을 차리지도 못한 채 여전히 침대 위에서 몸부림치고 있었다.

예리세이는 마을 상점에 가서 옥수수와 소금, 밀가루와 버터를 사 왔다. 그리고 도끼를 찾아 장작을 패서 벽난로에 불을 지폈다. 여자아이가 옆에서 거들었다. 예리세이는 수프와 죽을 끓여 이 집 사람들에게 먹였다.

5.

　남자도 조금 먹었고 노파도 먹었다. 아이들은 그릇 바닥까지 깨끗하게 핥아 먹고 서로 껴안은 채 잠이 들었다.

　남자와 노파는 자신들이 어쩌다 이렇게 되었는지 얘기했다.

　"전에도 우리는 그다지 넉넉하지는 못했습니다. 그러다 지난해엔 흉년이 들어, 가을부터는 남아 있던 것을 먹으며 근근이 살았습니다. 그러다 먹을 것이 다 떨어져 이웃에 사는 마음씨 좋은 사람들에게 신세를 지게 되었지요. 처음에는 흔쾌히들 나눠 주었지만 나중에는 그마저도 끊겼습니다. 그 사람들도 어려워진 거죠. 계속해서 돈이며 밀가루, 빵을 빌렸기 때문에 더 이상 손을 내밀 수도 없었습니다. 일자리를 구해 보았지만 그마저도 쉽지 않더군요. 다들 먹고 살기 위해서 일을 찾아 몰려드는 형편이라, 어쩌다 하루 일하면 그다음 이틀은 다시 일거리를 찾아 헤매야 했습니다. 어머니가 딸아이를 데리고 멀리까지 동냥을 다녀 보았지만, 모두 먹을 것이 없다 보니 그마저도 쉽지 않았습니다. 그래도 어떻게든 입에 풀칠은 할 수 있었죠. 햇곡식이 날 때까지만 버텨 보자고 했는데 봄부터는 동냥을 주는 데도 아예 없더군요. 그때부터 엉망이 되고 말았습니다. 하루 먹으면 이틀은 굶어야 할 처지가 되어 풀까지 뜯어 먹었는데, 그 풀 때문인지 아내가 그만 병에 걸리고 말았습니다. 아내는 병에 걸려 드러눕고 저는 힘이 빠져 버려 좀처럼 나아질 기미가 보이질 않습니다."

노파가 말을 이었다.

"혼자서 너무 힘들었어요. 제대로 먹지도 못하면서 정말 온 힘을 다해 애를 썼지만, 이젠 지치고 말았답니다. 손녀딸도 몸이 약해진 데다 사람들을 무서워하게 되어, 이웃집에 심부름을 보내도 가지 않고 구석에 처박혀 꼼짝하질 않았어요. 엊그제 옆집 여자가 우리 집에 들렀다가 쓰러져 있는 우릴 보더니 그냥 돌아서 가 버리더군요. 그 여자도 남편이 도망가고 없는 데다 어린애들에게 먹일 것도 없으니 어쩔 수 없었겠지요. 결국 우린 이렇게 누워서 죽을 때만 기다리고 있었답니다."

두 사람의 얘기를 들은 예리세이는 바로 친구를 뒤쫓아 가려던 생각을 버리고 그 집에 머물기로 했다. 다음 날 아침, 잠을 깬 예리세이는 자기가 주인인 양 서둘러 집안일을 하기 시작했다. 먼저 노파와 함께 밀가루를 반죽하고 벽난로에 불을 지폈다. 그다음 여자아이와 함께 필요한 물건을 구하기 위해 집 주변을 돌아다녔다. 그러나 먹을 것과 바꾸느라 가재도구며 옷이며 뭐 하나 남은 게 없었다. 예리세이는 어떤 것은 직접 만들고 어떤 것은 사기도 하여 필요한 것들을 장만했다.

하루를 보내고 이틀을 보내고 사흘째가 되었다. 사내아이가 기운을 차려서 상점에 심부름도 가고 예리세이에게 귀여움도 떨었다. 여자아이도 아주 명랑해져서 일을 썩 잘 거들고 줄곧 "아저씨! 아저씨!" 하며 예리세이 뒤를 쫓아다녔다. 노파도 기운을 차리고 일어나 이웃집에 드나들게 되었고, 남자도 일어나 벽을 잡고 걸을 수 있게 되었다. 누워 있는 사람은 그의 아내 한 사람뿐이었으나, 사흘째가 되자 정신을 차리고 먹을 것을 달라고 하였다.

예리세이는 생각했다.

'이렇게 오래 머물려고 했던 것은 아니었는데······. 이제 그만 떠나야겠어.'

6.

나흘째 되는 날은 사순절이 시작되기 바로 전날이었다. 예리세이는 이 집 사람들과 함께 사순절을 축하하고 뭘 좀 사서 선물한 뒤 저녁 무렵에는 떠나야겠다고 생각했다. 예리세이는 다시 마을에 가서 우유와 밀가루와 기름을 사 왔다. 노파와 둘이서 음식을 만들고, 이튿날 아침에는 예배를 보고 돌아와 함께 사순절을 축하했다. 그날 남자의 아내는 자리에서 일어나 조금씩 돌아다닐 수 있게 되었다.

남자는 면도를 하고 노파가 빨아 놓은 깨끗한 옷으로 갈아입고 마을에 사는 부자를 찾아갔다. 호밀밭과 목초지를 부자에게 저당 잡혔는데, 햇곡식이 날 때까지 그 땅을 다시 빌릴 수는 없는지 청을 넣기 위해서였다. 그는 저녁 무렵에 우울한 모습으로 돌아오더니 눈물을 흘렸다. 부자는 사정을 봐줄 수 없으니 돈을 가져오라고 말했다고 하였다.

예리세이는 다시 생각에 잠겼다.

'이 사람들은 앞으로 어떻게 살아야 하지? 모두 농사를 지으러 가는데 땅을 저당 잡혀 아무것도 없으니 말이야. 남들은 추수를 할 텐데, 이들은 기대할 것이 아무것도 없어. 게다가 올 농사는 정말 잘되었더군! 땅은 부자에게 넘어갔으니 내가 떠나면 또다시 곤란해질 게 뻔해.'

이러저러한 생각으로 머리가 복잡해진 예리세이는 그날도 떠나지 못하고 이튿날 아침으로 출발을 미루었다. 뒤뜰로 가서 기도를 한 후 자리에 누웠지만 잠을 이루지 못했다. 이미 돈과 시간을 많이 써 버려 떠나긴 해야겠지만, 이 집 사람들이 너무 불쌍했다.

'모든 것을 다 도와줄 수는 없어. 처음에는 물이나 길어다 주고 빵이나 나눠 주려던 것이 이렇게 되었어. 그런데 이제는 땅까지도로 찾아 주어야 해. 땅을 찾아 주고 나면 아이들이 우유를 먹을 수 있도록 젖소도 사 주어야 하고, 집주인 남자에게는 보릿단을 운반할 말도 사 주어야 해. 예리세이, 자넨 완전히 말려든 거야! 일을 벌여 놓고 도대체 어쩔 줄 모르는군!'

생각이 여기까지 이른 예리세이는 벌떡 일어나 베개로 삼았던 외투를 뒤져 담배쌈지를 꺼냈다. 머릿속의 잡념을 없애려고 코담배를 맡아 보았으나, 아무리 해도 해결책이 떠오르지 않았다. 떠나기는 해야겠는데 이 집 식구들이 너무 불쌍했다. 그는 외투를 말아 머리 밑에 깔고 다시 자리에 누웠다. 그렇게 누워 있는 동안 닭이 울더니 어느 사이에 완전히 잠이 들었다.

그러다 갑자기 누군가가 깨우는 소리가 들렸다. 눈을 떠 보니 바로 예리세이 자신이 옷을 다 챙겨 입고, 짐 보따리를 메고 지팡이를 손에 들고 대문을 나서려 하고 있었다. 대문은 한 사람이 겨우 지나갈 수 있을 만큼만 열려 있었다. 대문을 막 나가려는데 짐 보따리가 무언가에 걸렸다. 걸린 것을 풀자 이번에는 각반이 걸렸다. 다시 각반을 풀려고 보니 어찌된 영문인지 여자아이가 다리를 잡고 "할아버지, 할아버지, 빵 좀 주세요" 하고 소리를 지르고 있는 것이 아닌가! 다시 보니 다른 쪽 발엔 사내아이가 매달려 있고, 창문으로 노파와 주인 남자가 쳐다보고 있었다.

예리세이는 놀라 잠에서 깼다.

"그래, 내일 땅을 도로 찾아 주자. 말도 사 주고 햇곡식이 날 때까지 먹을 밀가루도 사 주고 아이들에게 우유를 먹일 젖소도 사 주자. 바다 건너에 있는 그리스도를 찾아가기 위해 내 안에 있는 그리스도를 잊어서는 안 되지. 우선 이 집 사람들이 먹고 살 수 있게 하자!"

예리세이는 다시 자리에 누웠다. 아침 일찍 잠을 깬 그는 부자를 찾아가 호밀밭과 목초지를 샀다. 팔아 버린 낫도 다시 사 왔다. 주인 남자는 풀을 베러 보내고, 자신은 마을로 갔다. 마을 농부들에게서 얘기를 듣고 주막집 주인을 찾아가 흥정을 하여 수레가 딸린 말을 샀다. 밀가루도 한 포대 사서 수레에 실었다. 이번에는 젖소를 사러 가는데 두 여인이 앞서 걸어가고 있었다. 그들은 자기들끼리 무슨 얘기를 하고 있었다. 소로시아어로 말하고 있었지만, 예리세이는 그것이 자신에 관한 얘기임을 알아차릴 수 있었다.

"글쎄, 처음에는 어떤 사람인지 전혀 몰랐대. 그저 지나가는 순례자겠거니 했다는 거야. 물이나 좀 얻어 마시자고 들어왔다가 그냥 눌러살게 되었다지. 내가 오늘 주막집에서 수레가 딸린 말을 사는 것도 봤다니까. 요즘 세상에 그런 사람이 있다니, 정말 놀랄 일이야. 우리 그분을 보러 갈까?"

자신을 칭찬하는 얘기를 들은 예리세이는 젖소 사는 일을 단념하고 주막집으로 돌아갔다. 값을 치르고 수레에 맨 말을 끌고 집으로 돌아왔다. 대문 앞에 이르러 말을 세우고는 수레에서 내렸다. 그 집 식구들이 말을 보고 깜짝 놀랐다. 자기들을 위해 사 온 것이라고 생각하면서도 차마 그것을 입 밖에 내어 말할 엄두를 내지 못했다. 주인 남자가 나와 문을 열어 주었다.

"말은 어디서 나신 겁니까, 영감님?"

"샀네. 마침 싸게 나왔기에 말이야. 내일 아침까지 먹을 수 있게 풀을 베어 넉넉히 넣어 주게. 그리고 밀가루 포대도 내려 주게나."

주인 남자는 수레에서 말을 풀고 밀가루 포대를 창고에 옮겨 놓았다. 풀도 한 아름 베어다가 말구유에 넣어 주었다.

시간이 되어 식구들이 모두 잠자리에 들었다. 집 안이 조용해지자 예리세이는 자리에서 일어났다. 미리 바깥에 내다 놓은 짐 보따리를 메고 신발을 신고 외투를 걸쳤다. 곧이어 예핌이 간 길을 뒤쫓았다.

7.

예리세이가 5베르스타쯤 가자 날이 밝기 시작했다. 그는 나무 밑에 앉아서 보따리를 풀어 남은 돈을 세어 보았다. 17루블 20코페이카가 전부였다.

'이 돈으로 바다를 건너기는 어렵겠어! 그렇다고 그리스도의 이름으로 구걸을 하다가 더 큰 죄를 짓게 될지도 몰라. 예핌이 혼자라도 가서 나 대신 양초를 올려 주겠지. 비록 성지 순례는 못 하겠지만, 감사하게도 자비로운 하나님께서 굽어 살펴 주실 거야.'

예리세이는 짐 보따리를 툭툭 털어 어깨에 둘러메고 가던 길을 되돌아섰다. 다만 그가 머물렀던 마을만은 사람들이 알아볼까 봐

멀리 돌아서 지났다.

며칠 후 예리세이는 집에 도착했다. 갈 때는 예핌의 뒤를 쫓아 가느라 바빴는데, 돌아올 때는 하나님께서 도와주셨는지 힘든 줄을 몰랐다. 나들이라도 가는 것처럼 지팡이를 흔들며 하루에 70베르스타씩 걸었다.

예리세이가 집에 오니 가족들이 들일을 마치고 돌아와 있었다. 가족들은 그를 보고 기뻐하며 여행은 어땠는지, 어쩌다 예핌 영감과 헤어졌는지, 왜 끝까지 가지 못하고 돌아왔는지를 물었다. 예리세이는 사실대로 말하지 않았다.

"주님의 인도가 없었던 모양이야. 도중에 돈을 잃어버린 데다 예핌 영감도 놓쳐 버려 계속 갈 수가 없었어. 그러니 너무 책망하지 마라."

그는 남은 돈을 아내에게 건네주면서 집안일은 어떻게 되었는지 물었다. 모든 일이 하나도 빠짐없이 잘 처리되어 있었으며, 가족들도 평화롭고 화목하게 지내고 있었다.

예리세이가 돌아왔다는 얘기를 듣고 예핌 영감네 식구들이 찾아왔다. 예리세이는 그들에게도 똑같은 말을 했다.

"예핌 영감은 무사히 잘 가셨네. 나하고는 베드로 축제일 3일 전에 헤어졌는데 뒤쫓아 가려고 했지만, 내가 그만 돈을 잃어버렸지 뭔가. 빈손으로 갈 수도 없고 해서 먼저 돌아왔다네."

사람들은 그렇게 꼼꼼한 양반이 여행을 떠났다가 돈을 잃어버렸다는 말에 의아해했으나 이내 잊어버렸다. 예리세이도 그 일을 잊고 다시 집안일을 하기 시작했다. 아들과는 겨울에 쓸 땔감을 준비하고, 집안 여인네들과는 밀을 빻았다. 헛간 지붕을 새로 씌우고, 벌통을 모두 거둬들여 애벌레와 함께 이웃에게 주었다. 그의 아내는 벌통 수를 속이려고 했으나, 새끼를 까서 애벌레가 생긴 벌통과 그렇지 않은 벌통을 잘 알고 있었던 예리세이는 열 통이 아니라 열일곱 통을 모두 넘겨주었다. 그해 일을 모두 정리한 예리세이는 빌이를 하러 아들을 멀리 보내고, 자신은 겨울 동안 집에서 짚신을 만들거나 통나무에 구멍을 뚫어 벌통을 만들었다.

8.

예리세이가 농가에 머물게 된 그날, 예핌은 혼자 걸어가다가 길에 앉아서 친구를 기다렸다. 한참을 기다리다가 잠시 눈을 붙이고 일어났다. 다시 우두커니 앉아서 기다렸지만 친구는 오지 않았다. 해가 나무 너머로 지고 있는데도 예리세이는 나타나지 않았다.

'혹시 잠을 자는 동안 나를 보지 못하고 지나친 것은 아닐까? 아니야, 보지 못했을 리가 없어. 훤히 트인 평원이라 저 멀리까지 다 보이는걸. 내가 되돌아갔다가는 외려 영감이 앞으로 먼저 가 버

려 일을 더 그르칠지도 몰라. 가다 보면 여관에서 다시 만나겠지.'

다음 마을에 도착한 예핌은 마을 촌장에게 이러이러한 영감이 오거든 자신이 묵는 곳으로 보내 달라고 부탁을 했다. 그러나 예리세이는 오지 않았다. 여행지를 향해 가면서 만나는 모든 사람에게 대머리 영감을 보았는지 물었으나, 아무도 그를 본 사람이 없었다. 예핌은 당황스러웠지만 혼자서 계속 길을 갔다.

'오데사건 배건 하여간 어디선가는 만나게 되겠지.'

예핌은 예리세이를 당장 찾으려던 생각을 단념했다.

도중에 그는 한 순례자와 동행하게 되었다. 정교회 신부가 입는 사제복과 모자 차림에 머리를 길게 기른 그 순례자는 그리스의 아토스라는 성지에도 가 본 적이 있고 예루살렘은 이번이 두 번째라고 했다. 예핌은 우연히 그를 여관에서 만나 얘기를 나누다가 동행하기로 했다.

무사히 도착한 그들은 오데사에서 3일 동안 배를 기다렸다. 각지에서 온 수많은 성지 순례자가 배를 기다리고 있었다. 여기서도 예핌은 예리세이에 대해 물어보았으나, 아무도 본 사람이 없었다.

예핌은 5루블을 내고 여행 허가증을 받았다. 왕복 뱃삯으로 40루블을 내고, 가는 도중에 먹을 빵과 청어를 샀다.

화물을 다 실은 후 순례자들은 작은 배를 타고 가 본선으로 옮

거 탔다. 예핌과 순례자도 배를 탔다. 닻을 올리고 부두를 떠난 배는 바다를 향해 나아갔다. 낮에는 항해가 순조로웠다. 그러나 밤이 되자 바람이 세차게 불고 비가 내리기 시작했다. 배가 흔들리고 파도가 덮쳤다. 거친 파도에 배가 요동쳐 사람들이 나뒹굴었다. 여자들은 울부짖었고 남자들은 안전한 장소를 찾기 위해 배 안에서 이리저리 뛰어다녔다. 예핌도 겁이 났지만 내색하지는 않았다. 탐보프에서 온 노인들과 함께 앉아 있던 그 자리에서 짐 보따리를 움켜잡고 그날 밤과 다음 날 하루 종일을 보냈다.

사흘째가 되자 바람이 잦아들었다. 닷새째에 배가 콘스탄티노플에 도착했다. 몇몇 순례자들은 배에서 내려 지금은 터키의 점령지가 된 성 소피아 대성당을 구경했다. 예핌은 흰 빵만 조금 사서 배 안에 계속 앉아 있었다. 배는 꼬박 하루를 정박해 있다가 다시 항해를 시작했다. 스미르나와 알렉산드리아에 잠시 들렀다가 마침내 야파에 도착했다.

야파에서는 모든 순례자가 배에서 내렸다. 여기서 예루살렘까지는 걸어서 70베르스타를 가야 했다. 배에서 내릴 때도 사람들은 두려움에 떨어야 했다. 배에서 내리려면 우선 작은 보트로 뛰어내려야 하는데, 갑판이 높은 데다 보트마저 흔들리고 있어 자칫 바닷물로 떨어질 수도 있었다. 두 명이 물에 빠지기는 했지만, 다행히 모두 무사하게 보트에 올랐다. 보트에서 육지로 내린 사람들은 걷

기 시작했다.

　사흘째 되는 날 점심 무렵에 예루살렘에 도착했다. 예핌은 도시 외곽에 있는 러시아인 숙소에 여장을 풀고 여행 허가증에 사인을 받았다. 점심 식사를 마치고 순례자와 함께 성지를 구경하러 나섰다. 가장 중요한 그리스도의 관은 참배가 아직 허가되지 않아 총주교가 계신 수도원으로 갔다. 그곳에서는 모든 참배자들을 안으로 들여 남자와 여자를 따로 앉혔다. 신발을 벗게 하고 둥그렇게 둘러앉힌 후, 한 수도사가 수건을 들고 나오더니 참배자들의 발을 씻겨 주었다. 씻긴 발을 수건으로 닦아 주고 입을 맞추었다. 예핌의 발도 닦아 주고 입맞춤을 해 주었다. 서서 기도를 하면서 밤 예배와 새벽 예배를 마치고 제단에 양초를 올려 돌아가신 부모님께 공양을 바쳤다. 그곳에서 내온 성찬을 먹고 포도주를 마셨다.

　날이 밝자 이집트의 마리아가 구원을 받았다는 암실을 찾아가 양초를 올리고 기도를 했다. 아브라함 수도원으로 건너가, 아브라함이 신께 자신의 아들을 제물로 바치려 한 장소인 사베크 동산을 구경했다. 그다음 그리스도께서 막달라 마리아에게 모습을 드러내신 성지를 참관하고, 주님의 형제인 야곱의 교회에도 들렀다. 동행한 순례자는 성지들을 안내하며 각각 희사해야 할 금액을 일러 주었다. 점심 무렵에 숙소로 돌아와 식사를 했다. 그러다 시간이 되어 잠자리에 들 준비를 하려는데 갑자기 순례자가 놀라더니 옷을 이리저리 뒤지기 시작했다.

"아, 지갑을 도둑맞았잖아. 10루블짜리 두 장과 잔돈으로 3루블 해서 모두 23루블이 있었는데……."

순례자는 무척 속상해했으나 어쩔 수 없는 일이었다. 곧 모두 잠자리에 들었다.

9.

예핌도 자려고 누웠으나 자꾸만 의구심이 들었다.

'저 순례자는 도둑을 당한 것이 아니라 처음부터 돈이 없었던 거야. 지금까지 어디서도 희사를 하지 않았단 말이야. 자기는 한 푼도 내지 않고 내게만 내라고 했지. 게다가 1루블을 빌려 가기까지 했잖아.'

예핌은 자신을 꾸짖었다.

'사람을 마음대로 판단하는 것은 죄를 짓는 일이야. 이런 생각을 하면 안 돼.'

그러나 겨우 잊었다 싶으면, 순례자가 돈에 신경을 쓰는 것이나 지갑을 도둑맞았다고 할 때의 어색한 모습이 다시 떠오르는 것이었다.

'그래, 원래 돈이 없었으면서 거짓말을 하는 거야.'

다음 날 아침, 사람들이 자리에서 일어나 그리스도의 관이 있는 부활 대성당에 아침 예배를 드리러 갔다. 순례자는 예핌 곁을 떠나지 않고 내내 따라다녔다.

성당에 도착하니 러시아인뿐만 아니라 그리스인, 아르메니아인, 터키인, 시리아인 등 수많은 나라에서 온 순례자들과 참배자들이 모여 있었다. 예핌은 사람들과 함께 성스러운 문으로 들어갔다. 한 수도사가 안내를 해 주고 있었다. 그는 터키 파수병 곁을 지나 구원자 그리스도를 십자가에서 내려 향유를 발라 주었다는, 아홉 개의 큰 촛대가 세워져 있는 곳으로 사람들을 안내했다. 그는 일일이 보여 주면서 자세히 설명을 해 주었다. 예핌은 제단에 양초를 바쳤다.

그다음에는 여러 명의 수도사들이 계단을 따라 올라가 십자가가 세워져 있었다는 골고다 언덕으로 안내했다. 그곳에서 예핌은 기도를 드렸다. 그리고 땅이 갈라져 지옥까지 연결된 틈이 있다는 장소를 구경했다. 그리스도의 손과 발을 십자가에 못으로 박았다는 장소와 그리스도의 피가 아담의 뼈에 뿌려졌다는 아담의 관도 보았다. 가시 면류관을 씌울 때 그리스도가 앉으셨다는 바위와 채찍질당할 때 묶이셨던 기둥, 발에 채워졌다는 두 개의 구멍이 뚫린 돌을 구경했다. 수도사들은 다른 것도 더 보여 주려 했으나, 사람들은 그리스도의 관이 있는 동굴로 빨리 가려고 서둘렀다. 그곳에서는 다른 종파의 예배가 끝나고 정교회 예배가 시작되고 있었다. 예핌은 사람들과 함께 동굴로 들어갔다. 자꾸만 죄스러운 마음이 들어 동행한 순례자에게서 멀리 떨어져 있고 싶었지만, 순례자는 예배를 드리러 그리스도의 관 쪽으로 갈 때도 곁을 떠나지 않았다. 그들은 관 쪽으로 가까이 다가가려고 했지만 쉽지 않았다. 이미 많은 사람이 몰려 있어 앞으로도 뒤로도 꼼짝할 틈이 없었다.

예핌은 앞을 보고 기도를 하면서도 지갑이 제대로 있는지 손으로 더듬거렸다. 그는 머릿속으로 두 가지 생각을 했다. 하나는 순례자가 자신을 속이고 있다는 것이었고, 다른 하나는 속이는 게 아니라면 자신에게는 그런 일이 생기지 말았으면 하는 것이었다.

10.

예핌은 기도를 드리면서 그리스도의 관과 36개의 성화가 타오르고 있는 회당 쪽을 바라보았다. 그런데 이게 웬 기적 같은 일인가! 성화 아래쪽 맨 앞자리에 농부용 외투를 걸친 한 노인이 서 있는데, 머리가 다 벗겨진 것이 꼭 예리세이 같았다.

'예리세이를 꼭 닮았어. 하지만 여기 있을 리 없잖아! 나보다 먼저 왔을 수는 없어. 앞선 배는 일주일 먼저 떠났고, 우리 배에는

타지 않았잖아. 내가 순례자들을 일일이 확인했으니까.'

그런 생각을 하고 있는 동안 노인은 기도를 하고 세 번 절을 했다. 한 번은 정면에 있는 신위(神位)에, 나머지 두 번은 양쪽에 있는 정교회 사람들을 향해서였다. 그런 다음 오른쪽으로 고개를 돌렸다. 그러자 그를 제대로 볼 수 있었다. 틀림없는 예리세이였다. 거무스름하고 곱슬곱슬한 턱수염과 희끗희끗한 구레나룻, 눈썹이며 눈, 코까지 모든 모습이 분명 예리세이 보드료프였다.

예핌은 친구를 찾게 되어 기뻤다. 그러나 예리세이가 자신보다 먼저 왔다는 사실에 놀라지 않을 수 없었다.

'어이, 예리세이! 어떻게 잘도 앞자리로 갔군. 누군가 앞자리로 안내해 줄 수 있는 사람을 만난 모양이지. 이제 저 순례자는 따돌리고, 입구에서 예리세이를 만나 같이 다녀야겠어. 그럼 다음부턴 나도 앞자리로 갈 수 있을 거야.'

예핌은 놓치지 않으려고 계속 예리세이를 쳐다보았다.

예배가 끝나자 사람들이 술렁이더니 그리스도의 관에 입맞춤을 하느라 서로 밀고 당기기 시작했다. 그 바람에 예핌은 한쪽으로 밀려나고 말았다. 갑자기 지갑을 도둑맞을지도 모른다는 생각이 들었다. 예핌은 한 손으로 지갑을 꽉 잡고 조금이라도 덜 붐비는 곳으로 빠져나오기 위해 사람들 사이를 헤집고 나갔다. 간신히 한산한 곳으로 빠져나온 예핌은 성당 안 이곳저곳을 돌아다니며 예리세이를 찾았다. 성당의 여러 암실에서 음식을 먹거나 포도주를 마시거나 잠을 자거나 책을 읽고 있는 각지에서 온 수많은 사람을 살펴보았다. 하지만 예리세이는 어디에도 없었다. 숙소로 돌아와서도 찾아보았지만 마찬가지였다. 그날 밤 순례자는 돌아오지 않았다. 빌려 간 1루블을 갚지도 않고 어디론가 사라져 버린 것이다. 예핌은 이제 혼자 남았다.

다음 날 예핌은 같이 배를 타고 온 탐보프 출신의 한 노인과 다시 그리스도의 관을 찾아갔다. 앞자리로 가고 싶었지만 또다시 밀려나고 말았다. 그는 기둥 근처에 서서 기도를 드리며 앞쪽을 쳐다보았다. 그리스도의 관 옆 성화 아래쪽 맨 앞자리에 예리세이가 서 있었다. 제단 위의 성직자처럼 두 팔을 벌리고 있는 그의 머리에선 빛이 나고 있었다. 예핌은 이번에는 그를 놓치지 않으리라 다짐하고 사람들 사이를 헤집고 앞으로 나갔다. 그런데 겨우 뚫고 나와 보니, 예리세이는 그곳에 없었다. 밖으로 나간 모양이었다.

사흘째 되는 날도 마찬가지였다. 예리세이는 그리스도의 관 근처 가장 좋은 자리에 서서 양팔을 벌리고 위쪽을 응시하고 있었다. 마찬가지로 그의 머리에선 빛이 나고 있었다.

'이번에는 절대 놓치지 않겠어. 출구 쪽에 서 있어야지. 거기서는 서로

길이 엇갈리지 않을 거야.'

예핌은 밖으로 나와 반나절을 서서 기다렸다. 안에 있던 사람들이 모두 문을 지나갔지만, 예리세이는 찾을 수 없었다.

예핌은 6주 동안 예루살렘에 머무르면서 베들레헴, 베다니, 요단강 등 여러 곳을 돌아다녔다. 수의로 쓰기 위해 그리스도의 관 근처에서 새로 산 루바슈카에 도장을 받았고, 요단강에서는 조그만 유리병에 물을 담았다. 예루살렘의 흙을 작은 주머니에 넣고 축복의 불꽃이 타오르던 곳에 있던 양초도 챙겨 넣었다. 여덟 군데에서 공양을 드리느라 간신히 집에 돌아갈 여비만 남기고 돈을 모두 써 버렸다. 예핌은 귀로에 올랐다. 야파까지 가서 배를 타고 오데사에 도착한 후, 그다음부터는 걸어서 집으로 향했다.

11.

예핌은 전에 지났던 길을 혼자서 걸어 돌아갔다. 집이 가까워지자 자신이 집을 비운 사이 식구들은 어떻게 지내고 있었을까 하는 걱정이 다시 밀려왔다.

'1년이면 많이 변했겠지? 집안을 일으켜 세우는 데는 평생이 걸리지만, 망하는 건 순간이야. 내가 없는 동안 아들 녀석은 집안일을 잘 꾸렸을까? 봄 파종은 시작했을까? 가축들은 겨울을 무사히

넘겼을까? 집 공사는 어떻게 마무리되었을까?'

온통 집안일 걱정을 하다가 어느덧 지난해 예리세이와 헤어졌던 지방에 이르렀다. 그곳은 알아볼 수 없을 정도로 변해 있었다. 작년에는 가난에 허덕이던 사람들이 지금은 모두 풍족하게 살고 있었다. 밭에는 곡식이 잘 자랐고 다들 살림살이도 나아져 이전의 고통스러웠던 시절은 잊어버린 것 같았다. 저녁 무렵에 예핌은 지난해에 예리세이와 헤어졌던 바로 그 마을에 도착했다. 마을로 들어서자 흰색 옷을 입은 한 여자아이가 한 농가에서 뛰어나왔다.

"할아버지! 우리 집에 들렀다 가세요."

예핌은 그냥 지나쳐 가고 싶었으나, 여자아이가 생글거리며 옷자락을 움켜쥐고 놓아주지를 않았다. 집 안주인도 사내아이와 함께 입구로 나와 들어오라고 손짓을 했다.

"영감님, 저희 집에 들러서 식사도 하고 주무시고 가세요."

예핌이 집 안으로 들어가며 생각했다.

'이 집이 바로 예리세이가 물을 얻어먹으러 들른 집이니, 한번 물어봐야겠군.'

안으로 들어가자 안주인이 짐 보따리를 벗겨 주고는 씻을 물까지 내주었다. 그리고 식탁에 앉히더니 우유와 과일, 죽을 차려 주었다. 예핌은 순례자들을 이렇게 환대하는 것은 참으로 고마운 일이라고 칭찬을 했다. 그러자 안주인이 고개를 저으며 말했다.

"우리는 순례자들께 대접을 하지 않을 수 없답니다. 한 순례자께서 삶은 어떻게 사는 것인지 가르쳐 주셨기 때문이지요. 예전에 하나님을 잊고 살던 우리는 벌을 받아 그저 죽을 날만 기다리고 있었지요. 결국 지난여름에는 먹을 것도 다 떨어지고 몹쓸 병까지 걸려 모두 쓰러져 누워 있었습니다. 이러다 꼼짝없이 죽겠구나 하였는데, 하나님께서 어떤 영감님을 보내 주셨죠. 그분은 한낮에 물을 마시러 들르셨다가 다 죽어 가는 우리를 보고 불쌍히 여겨 이곳에 남으셨습니다. 굶주리고 병들어 쓰러져 있는 우리에게 물을 마시게 하고 먹을 것을 주어 다시 일어날 수 있게 한 후, 농사 지을 땅과 수레가 달린 말을 사 주셨습니다. 그러곤 말도 없이 훌쩍 떠나 버리셨지요."

그때 노파가 집 안으로 들어오면서 말을 이었다.

"우리는 아직도 그분이 사람이었는지 천사였는지 모릅니다. 온 식구를 불쌍히 여겨 살뜰히 돌봐 주시고는 아무 말도 없이 떠나셨답니다. 하나님께 어떻게 기도를 드려야 할지 모르겠어요. 지금도 그때가 눈에 선합니다. 우린 쓰러져 누워 죽을 때만 기다리고 있었는데, 평범해 보이는 대머리 영감이 물을 좀 마시자고 들어왔지요. 나는 죄 많은 늙은이라 저 양반이 무슨 일로 어슬렁거리나 싶었지요. 그런데 그분이 해 준 걸 보세요! 우리를 보자마자 보따리를 벗어 바로 이곳에 내려놓고 풀어헤치는 게 아니겠어요……."

여자아이가 끼어들었다.

"아니에요, 할머니. 처음에는 방 한가운데에 내려놓았다가 다시 의자 위에 올려놓았어요."

서로 참견을 해 가면서 그들은 영감님이 어디에 앉았는지, 어디서 잠을 잤는지, 무슨 일을 했는지, 또 누구에게 무슨 말을 했는지 등을 모두 들려 주었다.

밤이 되자 말을 타고 주인 남자가 돌아왔다. 그도 역시 예리세이가 무슨 일을 했는지 얘기하기 시작했다.

"만약 그분이 오지 않았다면 우리는 모두 죄를 지은 채 죽었을 겁니다. 아무런 희망도 없이 하나님과 사람들을 원망하면서 말입니다. 그런데 그분은 우리를 일으켜 주었고, 하나님을 영접하고 선한 사람들을 믿게 했습니다. 우리 주 예수 그리스도여, 그분을 지켜 주소서! 그분은 짐승이나 다름없이 살던 우리를 사람으로 만들어 주었습니다."

예핌에게 먹고 마실 것을 대접하고 잠자리를 마련해 준 후, 식구들은 모두 자러 갔다.

예핌은 누워서도 잠을 이룰 수가 없었다. 예루살렘에서 세 번씩이나 그리스도의 관과 가장 가까운 자리에 있던 예리세이를 본 것이 머리에서 떠나지를 않았다.

'그래, 그 친구가 바로 여기에서 나를 앞질렀구나! 하나님께서 내 정성을 받아들이셨는지는 모르겠지만, 예리세이의 것은 받아들이신 게 틀림없어.'

다음 날 아침, 식구들은 가는 길에 먹으라며 고기로 속을 넣은 빵을 보따리 속에 넣어 주고는 일을 하러 갔다. 예핌은 집을 향해 걸음을 옮겼다.

12.

정확히 1년이 지난 이듬해 봄에 예핌은 집으로 돌아왔다. 저녁 무렵 집에 도착해 보니, 아들은 주막에 가고 없었다. 술이 잔뜩 취해 돌아온 아들에게 이것저것 자세히 물었다. 여러모로 보아 아들놈이 집안일을 엉망으로 만들어 놓았음이 분명했다. 돈도 함부로 쓴 데다 일도 내팽개쳐 두었던 것이다. 꾸지람을 하자 아들은 화를 내며 대들었다.

"그럼 아버지가 직접 하지 그랬어요! 여행을 다녀온다고 있는 돈을 다 가지고 가 놓고는, 내가 좀 쓴 걸 가지고 뭘 그리 따집니까?"

화가 난 예핌은 아들에게 매질을 했다.

다음 날 아침, 예핌이 집을 나와 아들 문제를 상의하러 마을 촌장을 찾아가다가 예리세이의 집을 지나게 되었다. 예리세이의 아내가 입구 계단에 서 있다가 반갑게 인사를 했다.

"영감님, 안녕하신가요? 그래, 여행은 잘 다녀오셨나요?"

예핌이 발길을 멈추고 대답했다.

"덕분에 잘 다녀왔습니다. 그런데 듣자니 그 댁 영감은 벌써 돌아왔다고 합디다."

수다 떨기를 좋아하는 예리세이의 아내는 이런저런 얘기를 늘어놓았다.

"돌아왔지요. 벌써 오래전에 돌아왔어요. 성모 승천제가 지나자마자 바로 왔지 뭡니까. 하나님의 도움으로 무사히 돌아왔다고 식구들이 아주 기뻐했지요. 영감이 없으면 식구들이 허전해한답니다. 이젠 그 양반도 나이를 먹어 하는 일이야 변변찮지만, 그래도 집안의 주인이니 의지가 되지요. 특히 아들놈이 어찌나 반가워하던지! 아버지가 안 계시니 눈 속의 빛이 꺼진 것 같다나요. 그 양반이 없으면 정말 허전해요. 우리 식구는 모두 그 양반을 사랑하고 의지하니까요."

"예리세이는 지금 집에 있나요?"

"네, 양봉장에서 꿀을 따고 있어요. 올해는 벌꿀 농사가 잘되었다고 하더군요. 그렇게 기운이 좋은 벌은 영감도 이제껏 본 적이 없다고 할 정도지요. 모두 하나님께서 도와주시는 덕분이랍니다. 어서 들어오세요. 영감이 무척 반가워할 거예요."

예핌은 현관과 뒤뜰을 지나 예리세이가 있는 양봉장으로 갔다. 양봉장 안으로 들어가 보니, 예리세이가 보호망도 하지 않고 장갑도 끼지 않은 채 회색 외투를 입고 자작나무 아래에 서 있었다. 그는 양팔을 벌리고 위쪽을 바라보고 있었는데, 예루살렘에서 그리스도의 관 근처에 서 있을 때처럼 벗겨진 그의 머리가 빛나고 있었다. 자작나무 사이로 햇빛이 비쳐 그의 머리가 불타고 있는 듯 보였다. 머리 주변에는 황금색 꿀벌들이 관 모양을 이루며 떼 지어 날아다녔으나, 예리세이를 쏘지는 않았다. 예핌이 걸음을 멈추었다. 그때 예리세이의 아내가 큰 소리로 남편을 불렀다.

"여보, 예핌 영감님이 오셨어요!"

뒤를 돌아본 예리세이가 턱수염에 붙은 벌을 가볍게 집어 날려 보내고는 기쁜 표정으로 예핌을 맞았다.

"어서 오게, 친구. 그래, 잘 다녀왔는가?"

"나야 몸만 다녀왔지. 참, 자네에게 주려고 요단강 물을 가져왔네. 나중에 들러서 가져가게. 그런데 하나님께서 내 정성을 받아들이셨는지는 모르겠어……."

"아무튼 다행이네. 신의 가호가 있기를 바라네!"

예핌이 잠시 입을 다물고 있다가 말했다.

"몸은 다녀왔는데, 영혼은 다녀왔는지 모르겠어. 아무래도 영혼은 다른 사람이 다녀온 것 같아……."

"모두가 다 하나님의 뜻이네, 하나님의 뜻."

"돌아오는 길에 자네가 머물렀던 집에 들렀었네."

그러자 예리세이가 당황하면서 서둘러 말했다.

"모두 하나님의 뜻이네, 하나님의 뜻. 자, 집 안으로 들어가세. 꿀을 좀 가져오겠네."

예리세이가 화제를 돌려 집안일에 대한 얘기를 늘어놓았다.

예핌은 한숨을 내쉬고는 그 농가 사람들에 대한 얘기나 예루살렘에서 예리세이를 본 얘기는 하지 않았다. 그는 이미 깨달았던 것이다. 하나님께서 이 세상 모든 사람에게 죽는 날까지 사랑과 선행을 행하라는 의무를 부여하셨다는 사실을.

사랑이 있는 곳에 하나님이 계시나니

'나는 오로지 나 자신만 생각해 왔어.
차를 마시고 싶다든지 깨끗한 옷을 입고 싶다든지 하는 생각만 하면서
손님을 위한 생각은 별로 하지 않았지.
나 자신만 생각하고 손님에 대해서는 아무런 배려를 하지 않은 거야.
손님이 누구지? 다름 아닌 하나님이셔.
하나님이 내게 찾아오신다면 어떻게 할까?'

어느 도시에 마르틴 아브제이치라는 구두장이가 살고 있었다. 그는 창문이 하나 달린 지하실의 헛간 같은 작은 방에서 살았다. 창문은 길 쪽으로 나 있어서 사람들이 지나다니는 것이 보였다. 사람들의 다리밖에 보이지 않았지만 구두장이는 신발만 보고도 누구인지 알아볼 수 있었다.

그는 그곳에 오랫동안 살아서 아는 사람들이 많았다. 근처에 살면서 한두 번 정도 그의 손에 구두를 맡기지 않은 사람이 거의 없다고 해도 좋을 정도였다. 구두 밑창을 새로 갈기도 하고, 가죽을 덧대기도 하고, 둘레를 다시 꿰매기도 하고, 구두코를 아예 새로 만들기도 했다.

마르틴은 종종 창문 너머로 자신이 고친 구두들을 볼 수 있었다. 일감은 많았다. 좋은 재료를 써서 아주 튼튼하게 고쳐 주는 데다 수선비도 싸고 약속을 잘 지켰기 때문이다. 그는 손님들이 원하는 날짜를 지킬 수 있으면 일을 맡았고, 그렇지 못할 때는 솔직하게 안 되겠다고 말했다. 조금도 속이려 들지 않는 성격 덕에 일감이 끊이질 않았다. 마르틴은 본성이 착한 데다 나이가 들면서는 자신의 영혼에 대해서 더욱 생각하게 되어 하나님께로 가까이 다가가고 있었다.

그의 아내는 그가 아직 남 밑에서 보조 수선공으로 일할 때 세 살배기 어린 사내아이를 남기고 세상을 떠났다. 무슨 이유에서인지 그들 부부는 아이와는 인연이 없었다. 앞서 태어난 아이들은 모두 죽어 버렸다. 마르틴은 어린 아들을 시골에 있는 누이에게 보내려고 했었다. 그러나 곧 측은한 마음이 들었다.

'우리 아들 카피토슈카를 남의 손에 맡기다니, 너무 가엾어. 차라리 힘들더라도 내가 데리고 있자.'

마르틴은 주인 밑을 떠나 어린 아들과 함께 둘이서 살기 시작했다. 그러나 하나님은 그에게 아들과 같이 사는 행복을 주시지 않았다. 어린 아들이 아버지를 도와줄 수 있을 정도로 자라 이제 겨우 안정이 되었다고 여길 즈음, 갑자기 병으로 앓아눕더니 일주일 정도를 고열로 신음하다가 죽고 말았다.

아들의 장례를 치르고 난 후 마르틴은 완전히 실의에 빠졌다. 너무나 상심하여 하나님을 원망했다. 참담한 마음에 제발 자신의 목숨을 거두어 가 달라고 빌기도 하고, 나이 든 자기를 놔두고 어린

외동아들을 데려가신 하나님을 책망하기도 하였다. 마르틴은 교회에 나가는 것도 그만두었다.

그러던 중 삼위일체 대축일에 같은 고향 노인이 마르틴을 찾아왔다. 그는 8년째 성지 순례를 다니는 중이었다. 마르틴은 노인과 이런저런 대화를 나누다가 괴로운 마음을 털어놓았다.

"여보게, 난 더 이상 살고 싶지 않아. 그저 죽고 싶은 생각뿐이어서, 오직 그 한 가지만 하나님께 빌고 있네. 난 이제 아무 희망도 없는 사람이 되어 버렸네."

노인이 말했다.

"마르틴, 그런 말은 하는 게 아니야. 하나님께서 하시는 일을 우리가 이러쿵저러쿵할 수는 없네. 세상일이란 우리의 지혜가 아니라 하나님의 뜻으로 결정되는 것이지. 하나님께서 아들을 거두어 가시고 자네를 살게 하신 것은, 그렇게 하는 것이 더 낫다고 판단하셨기 때문이야. 상심이 큰 것은 자네가 자신의 즐거움을 위해 살려고 하기 때문이네."

그 말을 듣고 마르틴이 물었다.

"그럼 뭘 위해 살아야 한다는 건가?"

노인이 대답했다.

"하나님을 위해 살아야지, 마르틴. 하나님께서 주신 목숨이니 하나님을 위해 살아야 하지 않겠나. 자네가 하나님을 위해 살면 아무 근심 없이 모든 일이 편안하게 느껴질 것이네."

마르틴이 잠시 입을 다물고 있다가 다시 물었다.

"하나님을 위해 사는 것이란 어떻게 사는 것인가?"

"그건 그리스도께서 이미 우리에게 보여 주셨네. 자네 글 읽을 줄 알지? 성경을 사서 읽어 보게. 그럼 하나님을 위해 사는 것이 어떤 것인지 알게 될 테니. 거기에 모든 것이 씌어 있다네."

노인의 말이 마르틴의 마음을 사로잡았다.

마르틴은 바로 『신약 성서』를 사서 읽기 시작했다. 처음에는 쉬는 날에만 읽으리라 마음먹었는데, 한번 읽기 시작하니 마음이 편안해져 날마다 읽게 되었다. 어떤 때는 램프의 기름이 떨어지도록 책에서 눈을 떼지 못했다.

마르틴은 저녁마다 성경을 읽었다. 읽으면 읽을수록 하나님께서 자신에게 원하는 것이 무엇인지, 또 어떻게 사는 것이 하나님을 위해 사는 것인지 분명히 알게 되어 마음이 한결 가벼워졌다. 예전에는 잠자리에 누우면 카피토슈카를 생각하며 한숨만 내쉬었는데, 지금은 '하나님! 감사합니다. 모든 것을 당신 뜻대로 하옵소서!'라고 기도를 드리게 되었다.

이때부터 마르틴의 삶은 완전히 바뀌었다. 전에는 즐거운 일이 생기면 선술집에 들러 차를 마시고 보드카도 사양하지 않았다. 아는 사람과 술을 마시고 나면 별로 취하지도 않았으면서 호통을 치거나 잔소리를 해 대는 등 소란을 피우고 나서야 선술집을 나서곤 했다. 하지만 이제는 그런 일이 전혀 없었다. 그의 삶은 조용하면서도 기쁨이 넘쳤다. 아침부터 일정한 시간만큼 일을 하고 나면, 램프를 책상으로 내려놓은 후 책꽂이에서 성경을 꺼내 펼쳐 놓고 앉아서 읽기 시작했다. 성경을 읽으면 읽을수록 그 뜻을 잘 이해하게 되어 마음이 더욱 밝아지고 즐거워졌다.

언젠가 하루는 마르틴이 늦은 시간까지 성경을 읽고 있었다. 누가복음을 읽고 있는 중이었는데 6장에 이런 구절이 있었다.

"네 뺨을 치는 사람에게는, 다른 뺨도 돌려 대고, 네 겉옷을 빼앗는 사람에게는, 속옷도 거절하지 말아라. 너에게 달라는 사람에게는 주고, 네 것을 가져가는 사람에게서 도로 찾으려고 하지 말아라. 너희는 남에게 대접을 받고자 하는 대로 남을 대접하여라."

그는 계속해서 다음 구절을 읽었다.

"너희는 어찌하여 나더러 '주님, 주님!' 하면서도, 내가 말하는 것은 실행하지 않느냐? 내게 와서 내 말을 듣고 그대로 하는 사람이 어떤 사람과 같은지를, 너희에게 보여 주겠다. 그는 땅을 깊이 파고, 반석 위에다가 기초를 놓고 집을 짓는 사람과 같다. 홍수가 나서 물살이 그 집에 들이쳐도, 그 집은 흔들리지 않는다. 잘 지은 집이기 때문이다. 그러나 내 말을 듣고서도 그대로 행하지 않는 사람은, 기초 없이 맨 흙 위에다가 집을 짓는 사람과 같

다. 물살이 그 집에 들이치면, 그 집은 곧 무너져 버리고, 무너진 피해가 크다."

 말씀을 읽고 난 마르틴은 깊은 감동을 느꼈다. 그는 안경을 벗어 성경 위에 올려놓고는 팔꿈치를 책상에 대고 턱을 괸 채 생각에 잠겼다. 방금 읽은 성경 말씀에 자신의 삶을 대비시켜 보았다.

 '내 집은 반석 위에 서 있는가, 모래 위에 서 있는가? 반석 위에 서 있다면 얼마나 좋을까. 이렇게 편안한 마음으로 혼자 앉아 있자면 모든 것을 하나님의 뜻대로 행할 수 있을 것 같은 생각이 들지만, 어쩌다 보면 마음이 흐트러져 또 죄를 짓게 되지 않는가. 어

쨌든 열심히 노력해 보자. 그럼 모든 것이 잘되겠지. 하나님, 저를 도와주소서!'

마르틴은 이제 그만 자려고 했으나 성경책을 덮기가 무척 아쉬워 다시 7장을 읽기 시작했다. 백부장의 이야기와 과부의 아들에 대한 이야기와 요한이 제자들에게 대답한 부분을 읽은 후, 부자 바리새인이 그리스도를 자기 집으로 초대하는 대목에까지 이르렀다. 계속해서 죄지은 여인이 그리스도의 발에 향유를 바르고 그 위에 눈물을 흘리니, 그리스도가 그녀의 죄를 용서해 주었다는 이야기도 읽었다. 이렇게 해서 44절까지 이르렀고 계속해서 다음 구절을 읽었다.

"그런 다음에, 그 여자에게로 몸을 돌리시고, 시몬에게 말씀하셨다. '너는 이 여자를 보고 있느냐? 내가 네 집에 들어왔을 때에, 너는 내게 발 씻을 물도 주지 않았다. 그러나 이 여자는 눈물로 나의 발을 적시고, 자기 머리카락으로 닦았다. 너는 내게 입을 맞추지 않았으나, 이 여자는 들어와서부터 줄곧 내 발에 입을 맞추었다. 너는 내 머리에 기름을 발라 주지 않았으나, 이 여자는 내 발에 향유를 발랐다.'"

마르틴은 이 구절을 읽고 생각했다.

'발 씻을 물을 주지 않고, 입 맞추지 않고, 머리에 기름을 발라 주지 않는다……'

마르틴은 안경을 벗어 책 위에 올려놓았다.

'아무래도 내가 그 바리새인 같았던 모양이야. 나는 오로지 나 자신만 생각해 왔어. 차를 마시고 싶다든지 깨끗한 옷을 입고 싶다든지 하는 생각만 하면서 손님을 위한 생각은 별로 하지 않았지. 나 자신만 생각하고 손님에 대해서는 아무런 배려를 하지 않은 거야. 손님이 누구지? 다름 아닌 하나님이셔. 하나님이 내게 찾아오신다면 어떻게 할까?'

마르틴은 두 팔로 턱을 괸 채 생각에 잠겨 있다가, 자기도 모르는 사이에 잠이 들었다.

"마르틴!"

누군가가 머리 위쪽에서 자신을 부르는 소리가 들렸다. 마르틴은 잠결에 깜짝 놀랐다.

"거기 누구요?"

고개를 돌려 문 쪽을 바라보았으나 아무도 없었다. 다시 책상에 엎드렸다. 그러자 이번에는 소리가 더욱 또렷하게 들렸다.

"마르틴, 마르틴! 내일 길 쪽을 내다보거라. 내가 갈 것이다."

잠이 깬 마르틴은 자리에서 일어나 눈을 비볐다. 그 말을 들은 것이 꿈결인지 아닌지 분명치 않았다. 그는 램프를 끄고 잠자리에 들었다.

이튿날 아침, 마르틴은 날이 채 새기도 전에 일어나 하나님께

기도를 드리고 난로에 불을 붙여 수프와 죽을 올려놓았다. 물을 끓이려고 사모바르✢를 준비한 후 앞치마를 걸치고 창가에 앉아 일을 시작했다. 일을 하면서도 그는 계속 어젯밤 일을 떠올렸다. 꿈을 꾼 것 같기도 하고, 정말로 목소리를 들은 것 같기도 했다.

'뭐, 그럴 수도 있지.'

창가에 앉은 마르틴은 일을 하기보다 창밖을 쳐다보는 때가 더 많았다. 누가 낯선 구두를 신고 지나가기라도 하면 창밖을 내다보면서 구두뿐만 아니라 그 사람의 얼굴까지 확인했다. 새 장화를 신은 관리인이 지나가고 물장수가 지나갔다. 곧이어 여기저기 기운 낡은 장화를 신은 사람이 손에 삽을 쥐고 창문 쪽으로 다가왔다. 마르틴은 장화를 보고 그가 누군지 알 수 있었다. 스테파니치라는 니콜라이 시대의 늙은 병사로, 옆집 상인이 불쌍히 여겨 데리고 있는 사람이었다. 그의 일은 관리인을 돕는 것이었다. 스테파니치는 마르틴의 집 창문 쪽에 쌓인 눈을 치우기 시작했다. 마르틴은 잠시 그를 바라보다가 다시 일을 하기 시작했다. 그러다가 자신의 모습이 무척 우습게 여겨졌다.

"이젠 나도 늙어서 노망이 든 모양이야. 눈을 치우고 있는 스테파니치를 보고 그리스도께서 오신 줄 알았으니 말이야. 아주 정신

✢ **사모바르**: 구리, 은, 주석 따위로 만든 러시아 특유의 주전자. 중앙에 상하로 통하는 관이 있어 그 속에 숯불을 넣어 물을 끓인다.

이 나갔어."

마르틴은 다시 바느질을 시작했다. 그런데 어느새 창밖으로 마음이 끌렸다. 내다보니 스테파니치가 삽을 벽에 세워 놓고 볕을 쬐면서 잠시 쉬고 있었다. 이젠 늙어서 눈을 치울 만한 기력도 없는 것 같았다. 마침 사모바르의 물도 끓었으니 차라도 한잔 대접해야겠다고 마르틴은 생각했다. 차를 준비한 다음 유리창을 두드렸다. 스테파니치가 몸을 돌려 창문 쪽으로 다가왔다. 마르틴이 그에게 들어오라고 손짓을 하며 문을 열어 주었다.

"들어와서 몸 좀 녹이게. 꽁꽁 얼었을 텐데 차나 한잔 하세."

"이거 고맙구먼. 온몸의 뼈마디가 다 쑤시네그려."

스테파니치가 안으로 들어와 눈을 털어 냈다. 마룻바닥에 얼룩이 생기지 않도록 장화에 묻은 눈을 터는 그의 몸이 떨리고 있었다.

"내가 털어 줄 테니 그대로 있게. 이런 것은 나야 늘 하는 일인 걸. 자, 안으로 들어와서 차나 한잔 하세."

마르틴은 잔 두 개에 차를 따라서 한 잔을 손님에게 주고 자신도 찻잔을 들어 후후 불어 가며 마셨다.

스테파니치는 차를 다 마시고 잔을 뒤집어엎어 놓았다. 그 위에 설탕을 올려놓고 잘 마셨다며 고마워했다. 그런데 어쩐지 아쉬워하는 듯 보였다. 마르틴은 자신과 손님의 잔에 차를 더 따르면서 말했다.

"좀 더 마시게."

마르틴은 차를 마시면서도 자주 길 쪽을 바라보았다. 노인이 물었다.

"누굴 기다리나?"

"아, 누굴 기다리느냐고? 말하기 부끄럽네만 기다리는 것도 아니고 기다리지 않는 것도 아니라네. 꿈인지 생시인지 모르겠지만, 얼핏 들은 말 한마디가 마음속에 남아서 말이야. 어저께 나는 그리스도께서 세상을 돌아다니며 고생하신 내용이 들어 있는 복음서를 읽었다네. 혹시 들어 보았는가?"

"물론 들어 보았지. 하지만 까막눈이라 글을 읽진 못한다네."

"그리스도께서 세상을 돌아다니시다가 바리새인을 찾아갔는데, 그가 그리스도를 제대로 대접하지 않았다는 이야기였네. 어떻게 그리스도를 대접하지 않을 수 있나? 그렇지만 혹시 그리스도께서 내게 오신 적이 있다면 그때 내가 어떤 대접을 했었는지는 모를 일이지. 하여간 그 바리새인은 그리스도를 대접하지 않았다네. 그런 생각을 하다가 내가 잠깐 잠이 들었던 모양이야. 한참 잠을 자고 있는데 누군가 내 이름을 부르는 소리가 들리는 것이 아니겠는가. 그래, 자리에서 일어나 귀를 기울여 보니 누군가가 내일 갈 테니 기다리라고 하지 않겠나. 그것도 두 번씩이나 말이야. 그저 꿈이었을 뿐이라고 스스로를 타일러 보아도 그 말이 머릿속에 남아서 떠나질 않아. 계속 그리스도의 방문이 기다려진다네."

스테파니치는 머리를 끄덕이며 아무 말도 하지 않았다. 그는 차를 다 마시고 나서 이제는 사양하겠다는 뜻으로 잔을 옆으로 뉘어 놓았다. 마르틴은 잔을 바로 세워 다시 차를 가득 따랐다.

"자, 한 잔 더 하고 기운을 내게. 그리스도께서는 세상을 돌아다니실 때 사람들을 가리지 않고 신분이 낮은 자들을 더 잘 보살펴 주셨을 거야. 항상 가난한 사람들을 상대하시고 우리처럼 죄 많은 일꾼 중에서 제자들을 선택하셨으니 말이야. 또한 그리스도께서는 '자기를 높이는 사람은 낮아지고, 자기를 낮추는 사람은 높아질 것이다' '주이며 선생인 내가 너희의 발을 씻어 주었으니, 너희도 서로 남의 발을 씻어 주어야 한다' '너희 가운데서 으뜸이 되고자 하는 사람은 너희의 종이 되어야 한다' '마음이 가난한 사람은 복이 있다'고 말씀하셨네."

그의 말을 듣느라 스테파니치는 차를 마시는 것도 잊었다. 노인의 얼굴에 눈물이 흐르고 있었다.

"자, 더 들게."

마르틴이 권했으나 스테파니치는 가슴에 성호를 긋고 고맙다고 하더니 찻잔을 옆으로 밀어 놓고 일어섰다.

"고맙네, 마르틴 아브제이치. 자네 덕분에 몸과 마음이 모두 든든해졌네."

"손님이 온다는 건 기쁜 일이니, 또 들르게."

스테파니치가 나가자 마르틴은 남은 차를 마저 마시고 찻잔을 치운 다음 창가에 앉아 구두 뒤축을 꿰매기 시작했다. 일을 하면서도 계속 창밖을 내다보면서 그리스도의 방문을 기다렸다. 그리스도와 그의 행적에 대해서 생각하고, 그리스도께서 하신 말씀들을 떠올렸다.

창밖으로 두 명의 병사가 지나갔다. 한 사람은 군화를 신고 있었고, 다른 사람은 일반 장화를 신고 있었다. 그 뒤를 이어 깨끗한 덧신을 신은 이웃집 주인과 바구니를 든 빵 가게 주인이 지나갔다. 모두 지나가기만 하던 차에 긴 털양말에 목이 짧은 낡은 장화를 신은 한 사람이 다가오더니, 창문 옆 벽 근처에 멈춰 섰다. 마르틴이 내다보니 옷도 제대로 입지도 못한 웬 낯선 여자가 아기를 안고 서 있었다. 바람을 등지고 벽에 기대서서 아기가 춥지 않도록 감싸려는 모양이었지만, 덮어 줄 만한 것이 아무것도 없는 듯했다. 여자는 여름옷을 입고 있었는데 그마저도 형편없었다. 창문을 통해 아기의 울음소리가 들려왔다. 여자가 달래 보았지만 아기는 울음을 멈추지 않았다. 마르틴은 문밖으로 나가 여자를 불렀다.

"아주머니! 아주머니!"

부르는 소리를 듣고 여자가 뒤를 돌아보았다.

앞치마를 두르고 코에 안경을 걸친 노인이 자신을 부르고 있었다.

"날도 추운데 왜 아기를 안고 거기 서 있어요? 어서 안으로 들어와요. 따뜻한 방에서 아기를 달래기가 훨씬 수월할 테니. 자, 이리로 와요."

여자는 노인이 부르는 쪽으로 갔다. 계단 아래로 내려가 방 안으로 들어서자 노인이 의자를 내주었다.

"자, 이리 와 앉아요. 여기 난로 곁에서 몸을 좀 녹이고 나서 아기에게 젖을 주도록 해요."

"아침부터 아무것도 먹지 못해 젖이 나오지 않을 거예요."

여자는 이렇게 말하면서도 아기에게 젖을 물렸다.

마르틴이 딱하다는 듯 고개를 젓더니 식탁으로 가서 빵과 그릇을 꺼냈다. 그리고 난로 뚜껑을 열고 그릇에 수프를 담았다. 죽이 든 항아리도 꺼내 보았으나 아직 덜 끓여져 수프만 내놓았다.

"아주머니, 아기는 내가 봐 줄 테니 앉아서 좀 들어요. 나도 예전에 아이들을 키워 봐서 볼 줄 알아요."

여자는 식탁에 앉아 가슴에 성호를 긋고 음식을 먹기 시작했다. 마르틴은 침대에 있는 아기 옆에 다가가서 앉았다. 입으로 소리를 내어 아기를 얼러 보려고 했으나 이가 없어 잘되지 않았다. 아기가 계속 울어 댔다. 마르틴은 손가락을 빙빙 돌려 입에 가까이 가져갔다가 떼었다 하면서 아기를 얼렀다. 아교 따위가 묻어 손가락이 새까맸기 때문에 아기의 입에 대지는 않았다. 아기는 손가락을 쳐다보다 울음을 멈추더니 웃기 시작했다. 마르틴도 기뻐 함께 웃었다.

여자가 음식을 먹으면서 자신은 누구이고 또 어딜 다녀오는 길인지 이야기했다.

"제 남편은 군인인데 여덟 달 전에 어딘가 먼 곳으로 전속 발령을 받아 간 뒤 아무런 소식이 없어요. 남편이 떠난 뒤 저는 남의 집 하녀로 들어가 살다가 얼마 지나지 않아 이 아이를 낳았지요. 그런데 아기가 있으면 일을 시킬 수가 없다면서 주인이 내쫓는 바람에 석 달째 일자리도 없이 힘들게 살고 있어요. 돈 되는 것은 이미 다 팔아 버린 터라 어디 유모라도 가려 했지만, 몸이 비쩍 말라서 젖이 나오지 않을 거라며 그나마도 받아 주지를 않더군요. 오늘은 어느 장사꾼 집에 다녀오는 길이에요. 그 집에 들어가 일하는 아주머니께서 저를 써 주겠다고 했거든요. 저는 얘기가 다 된 줄 알고 찾아갔는데 다음 주에 다시 오라는군요. 그런데 그 집이 어찌나 멀던지 저는 저대로 녹초가 되고 아기에게도 생고생을 시키고 말았어요. 다행히 지금까지는 살고 있는 집의 안주인이 우리를 불쌍히 여겨 주었기에 망정이지, 그렇지 않았더라면 어떻게 살았을런지 알 수 없어요."

마르틴이 한숨을 내쉬며 말했다.

"좀 더 따뜻한 옷은 없소?"

"따뜻한 옷을 입어야 할 때지만, 어제 마지막 남은 목도리를 20코페이카에 저당 잡히고 말았어요."

그녀가 침대로 가서 아기를 안았다. 마르틴은 자리에서 일어나 벽 쪽으로 가 뒤적거리더니 낡은 민소매 외투를 가지고 왔다.

"낡긴 했지만 아기를 감쌀 만은 할 거요."

여자가 낡은 민소매 외투와 노인을 번갈아 쳐다보다가 외투를 받아 들고는 울음을 터뜨렸다. 마르틴은 고개를 돌렸다. 그러고는 침대 밑으로 기어 들어가 함을 꺼내 뒤졌다.

여자가 말했다.

"영감님께 하나님의 은총이 함께하시길 빌어요. 아마도 제가 이리로 오게 된 것도 하나님의 뜻인 모양이에요. 그렇지 않았으면 우리 아기는 얼어 죽었을 거예요. 집을 나설 때만 해도 따뜻했는데, 지금은 이렇게 추워진 걸 보면 분명해요. 하나님께서 영감님을 창가에 앉게 하시고 제 불쌍한 모습을 보여, 가엾게 여기도록 만드신 게 틀림없어요."

마르틴이 미소를 지으며 말했다.

"그래요, 그리스도께서 그렇게 하신 거예요. 내가 창밖을 내다본 것은 우연이 아니에요."

마르틴은 오늘 자신을 방문하겠다고 약속한 목소리에 대해 이야기해 주었다.

"얼마든지 있을 수 있는 일이지요."

여자는 이렇게 말하고 자리에서 일어나 민소매 외투를 입고 그 속에 아기를 감싸안았다. 작별 인사를 하면서 그녀는 다시 한번 마르틴에게 고맙다는 말을 했다. 마르틴이 그녀에게 20코페이카를 주면서 말했다.

"자, 그리스도의 이름으로 이것을 받아 목도리를 다시 찾도록 해요."

여자가 성호를 긋자 마르틴도 따라서 성호를 긋고 그녀를 배웅했다.

여자가 떠나자 마르틴은 수프를 먹고 설거지를 한 후 다시 일을 하기 시작했다. 일을 하면서도 창밖을 내다보는 것을 잊지 않았다. 창문에 그늘이 지면 누가 지나가는가 싶어 얼른 고개를 들어 쳐다보았다. 아는 사람들도 지나가고 모르는 사람들도 지나갔지만 딱히 특별한 사람은 없었다.

그러다 문득 창문 바로 맞은편에 장사치 노파가 멈추어 서는 것이 보였다. 노파는 사과가 담긴 광주리를 들고 있었다. 거의 다 팔았는지 남은 것은 얼마 되지 않았고, 어깨엔 대팻밥이 든 자루를 메고 있었다. 아마도 어디 공사장에서 주워 집으로 가져가는 모양이었다. 노파는 어깨가 아픈지 자루를 다른 쪽으로 옮겨 메려는 듯 사과가 담긴 광주리를 말뚝 위에 걸쳐 놓았다. 그리고 자루를 길 위에 내려놓은 다음 속에 든 대팻밥을 추슬렀다. 그때 어디서 나타났는지 찢어진 모자를 쓴 사내아이가 불쑥 튀어나오더니 광주리에서 사과를 한 개 훔쳐 가지고 그대로 달아나려고 하였다. 노파가 재빨리 눈치를 채고 돌아서서 사내아이의 옷소매를 꽉 움켜잡았다. 붙잡힌 사내아이는 빠져나오려고 버둥거렸다. 노파는 사내아이의 모자를 벗겨 버리더니 머리카락을 잡아챘다. 사내아이가 소리를 지르자 노파가 욕을 퍼부었다. 마르틴은 바늘을 어디에다 찔러 놓을 틈도 없이 마룻바닥에 내동댕이치고는 문밖으로 뛰어나갔다. 그러다 계단에 발이 걸려 안경을 떨어뜨렸다. 나가서 보니 노파가 사내아이의 머리카락을 움켜잡고 경찰서로 가자며 윽박지르고 있었다. 사내아이는 잘못한 것이 없다면서 빠져나오려고 계속 발버둥을 쳤다.

"난 훔치지 않았어요. 왜 때려요? 놔주세요."

마르틴은 두 사람을 떼어 놓은 다음 사내아이의 손을 잡고 노파에게 말했다.

"그만 놔주시구려. 그리스도의 이름으로 용서합시다."

"이런 놈은 경찰서에 끌고 가서 절대 잊지 못하도록 회초리로 혼을 내야 해요."

마르틴이 노파를 달랬다.

"그만 놔줍시다. 다신 그러지 않을 겁니다. 그리스도의 이름으

로 놔줍시다."

노파가 손을 풀자 사내아이가 도망을 치려 했다. 마르틴이 사내아이를 잡으면서 말했다.

"어서 할머니에게 용서를 빌어라. 그리고 다시는 이런 짓을 하지 말거라. 네가 훔치는 걸 나도 다 보았어."

사내아이는 울면서 용서를 빌었다.

"그래, 이제 됐다. 사과를 줄 테니 가지고 가거라."

마르틴이 광주리에서 사과를 하나 집어 사내아이에게 건넸다. 그러고 나서 노파에게 말했다.

"사과값은 내가 줄게요."

그러자 노파가 말했다.

"공연한 짓을 해서 아이 버릇이나 망치지 말아요. 저런 놈은 일주일쯤 엉덩이가 아파 자리에 앉지도 못할 만큼 혼을 내야 해요."

"우리 생각이야 그렇지만 하나님의 생각은 다를 겁니다. 겨우 사과 하나 때문에 매질을 당해야 한다면, 죄 많은 우리는 대체 어떤 벌을 받아야 할까요?"

노파는 아무 말도 하지 않았다.

마르틴은 성경에서 읽은 한 대목을 노파에게 들려주었다. 주인에게 큰돈을 빌리고도 채무 면제를 받은 어떤 하인이 자신에게 돈을 갚아야 할 사람을 찾아가 괴롭혔다는 이야기였다. 노파는 가만히 듣고 있었다. 사내아이도 서서 이야기를 들었다.

"하나님께서는 죄를 용서하라고 말씀하셨지요. 그렇지 않으면 우리도 용서받을 수 없습니다. 그 누구든 용서해 주어야 하거늘, 하물며 철없는 어린아이는 더욱 그렇지요."

노파가 고개를 끄덕이며 한숨을 내쉬었다.

"그렇긴 하지만, 이런 아이들은 정말 버릇이 나빠요."

"그러니까 우리 같은 노인네들이 가르쳐 주어야 하지 않겠소."

"그래요."

노파는 이렇게 대꾸하더니 말을 이었다.

"나도 자식이 일곱이나 있었는데, 지금은 딸 하나밖에 남질 않았어요."

그러면서 자신이 어디서 어떻게 살았는지, 외손자는 몇 명이나 되는지 등을 이야기하기 시작했다.

"나도 늙어 이제 기운이 없지만, 그래도 여전히 일을 하고 있지요. 어린 손자들이 불쌍해서 말입니다. 애들이 어찌나 착한지 집에 가면 다들 뛰어나와 반겨 준답니다. 심지어 악크슈트 그놈은 '할머니, 우리 할머니' 하면서 내게서 떨어지지 않으려고 한답니다."

노파는 완전히 마음이 풀어져 사내아이에게 말했다.

"물론 너도 철없는 생각에 그랬겠지."

노파가 자루를 어깨에 메려고 하자, 사내아이가 재빨리 나서며 말했다.

"주세요, 할머니. 가는 길이니 제가 들어 드릴게요."

노파가 고개를 끄덕이더니 자루를 사내아이 어깨에 걸쳐 주었다. 두 사람은 나란히 길을 따라 걸어갔다. 노파는 마르틴에게서 사과값을 받는 것도 잊어버렸다. 마르틴은 가만히 서서 두 사람이 얘기를 나누며 걸어가는 모습을 지켜보았다.

노파와 사내아이를 보내고 마르틴은 집으로 돌아와 계단에 떨어진 안경을 주웠다. 다행히 깨진 데는 없었다. 그는 바늘을 찾아 들고 다시 일을 하기 시작했다. 일을 하다 보니 어느덧 날이 저물어 바늘구멍이 잘 보이지 않았다. 등불 켜는 사람이 벌써부터 불을 밝히느라 돌아다니고 있었다. 마르틴도 램프에 불을 붙여 고리에 걸어 놓고 다시 일을 시작했다. 장화 한쪽을 끝내고 이리저리 뒤집어서 살펴보니 깔끔하게 잘되었다. 연장을 정리하고, 자르고 남은 자투리 가죽 조각들을 깨끗이 쓸어 담고, 바늘과 실을 잘 간수한 다음 램프를 떼어 식탁 위에 놓고 책꽂이에서 성경을 꺼냈다. 전날 가죽 조각으로 읽은 곳을 표시해 둔 부분을 펼치려는데 다른 페이지가 펼쳐졌다. 마르틴은 어젯밤 꿈 생각이 났다. 그 순간 무언가 부스럭거리는 소리와 함께 뒤쪽에서 발소리가 들렸다. 마르틴이 뒤를 돌아보니 어두컴컴한 구석에 사람이 서 있었다. 누군지는 알아볼 수 없었다. 그가 마르틴의 귀에 대고 속삭였다.

"마르틴! 자넨 나를 알아보지 못했지?"

"누구를 말인가요?"

"나를 말일세. 그건 나였네."

그러자 어두컴컴한 구석에서 스테파니치가 나타나서 미소를 짓더니 형체도 없이 사라져 버렸다.

목소리가 다시 들려왔다.

"그것도 나였네."

어두컴컴한 구석에서 아기를 안은 여자가 나타났다. 여자가 미소를 짓고 아기도 빙그레 웃더니 역시 사라져 버렸다.

또 목소리가 들려왔다.

"그것도 나였네."

노파와 사과를 든 사내아이가 나타났다. 두 사람도 미소를 짓더니 역시 사라져 버렸다.

마르틴은 무척 기뻤다. 그는 성호를 그은 후 안경을 끼고 성경의 펼쳐진 페이지를 읽기 시작했다. 페이지 첫머리에 이렇게 씌어 있었다.

"너희는, 내가 주렸을 때에 내게 먹을 것을 주었고, 목말랐을 때에 마실 것을 주었고, 나그네 되었을 때에 영접하였고……."

그리고 페이지 아래쪽에는 이렇게 씌어 있었다.

"너희가 여기 내 형제자매 가운데, 지극히 보잘것없는 사람 하나에게 한 것이 곧 내게 한 것이다."

 그제서야 마르틴은 자신의 꿈이 틀리지 않았음을 깨달았다. 바로 그날 어김없이 구원자 그리스도께서 그를 방문하셨고, 그는 그리스도를 영접하였던 것이다.

Чем люди живы

작품 해설

레프 니콜라예비치 톨스토이의
『사람은 무엇으로 사는가』에 대하여

김세일

톨스토이의 생애

레프 니콜라예비치 톨스토이(1828~1910)는 러시아 툴라 지방의 야스나야폴랴나 영지에서 태어났다. 톨스토이 집안은 러시아 명문 백작 가문으로 데카브리스트의 난(1825년 12월 14일, 계몽주의와 프랑스 혁명의 영향을 받은 젊은 군 장교들과 귀족들이 중심이 되어 농노제 폐지를 주장하는 등 러시아에 입헌주의와 기본적 자유를 수립하고자 일으켰던 반란)에 연루되기도 했다.

어머니 마리야는 볼콘스키 공작의 딸로, 야스나야폴랴나 영지는 그녀가 부친에게서 물려받은 유산이었다. 두 살 때 어머니를 여의고 아홉 살 때 아버지마저 세상을 떠 버려, 어린 톨스토이는 고모들(알렉산드라 오스텐자켄 백작부인, 펠라게야 유쉬코바) 손에서 자랐다.

1844년 카잔 대학에 입학하였으나 1847년에 중퇴하고 고향 야스나야폴랴나로 돌아왔다. 고향에서 그는 자신의 영지에 속한 농노들의 생활 개선을 위한 사업에 헌신하였다. 그러나 일이 여의치 않자 이듬해

모스크바로 이주하였으며 환락에 빠져 방탕한 생활을 전전하였다. 이후 방탕한 생활에 염증을 느낀 톨스토이는 캅카스의 의용군에 들어가 포병 장교로 산악 토벌에 참전했다. 이때 경험들이 1855년에 발표한 『세바스토폴 이야기』의 기본 토대가 되었다.

제대 후에는 새로운 문학을 추구하기 위해 프랑스, 독일, 스위스, 이탈리아 등으로 여행을 떠났다. 1857년에 러시아로 돌아온 그는 자신의 영지에 농노의 아이들을 위한 학교를 설립하고, 영지 이름을 딴 교육 잡지 「야스나야폴랴나」를 발간하는 등 교육 사업에 많은 노력을 기울였다.

1862년에는 궁정 주치의 딸인 소피야 안드레예브나와 결혼을 하였고, 1863년부터 장편소설 『전쟁과 평화』를 집필하기 시작했다. 그의 결혼 생활은 초반에는 행복했으나, 10여 년이 지난 후부터는 아내와의 불화로 몹시 불행했다. 이 불행한 결혼 생활은 그가 죽을 때까지 이어졌다.

1878년 장편 소설 『안나 카레니나』를 발표한 후, 그는 2년 동안 문학 활동을 중단하고 사색과 종교에 심취했다. 소위 '사상적 위기'라고 불리는 이 기간 동안, 그는 철학자 쇼펜하우어의 체념관을 받아들여 정신의 위기를 신앙으로 극복하려 노력했다.

그 결과 1884년에는 『참회록』을 발표하였는데, 이 작품을 통해 이전까지의 방탕한 생활과 아무런 목표 없이 해 왔던 자신의 문학 활동을 반성하고 도덕주의자, 구도자로서의 면모를 드러내기 시작했다. 1880년대 중반 이후에 발표한 그의 작품들이 주로 성서와 일반 민중을 소재로 삼았다는 사실이 이러한 변화를 증명한다.

1898년에는 논문 「예술이란 무엇인가?」를 발표했으며, 이듬해에는 장편소설 『부활』을 10년간의 집필 끝에 완성했다. 당시 그는 러시아 정교회를 포함한 모든 교회를 비판하여, 1901년 교회로부터 파문을 당하기도 했다. 말년에는 아내와의 불화로 정신적으로 더욱 피폐해졌다. 1910년 10월 28일, 집을 나와 정처 없이 떠돌다가 아스타포보라는 시골의 한적한 역에서 대문호의 명성에 걸맞지 않은 비참한 모습으로 82세의 생을 마감하였다.

"진리를…… 나는 뜨겁게 사랑한다. 왜 저 사람들은……."

이것이 그가 세상에 남긴 마지막 말이었다.

톨스토이의 예술관

톨스토이의 본격적인 작가 생활은 1852년에서 1857년 사이에 발표한 자전 3부작 『유년시절』 『소년시절』 『청년시대』부터 시작됐다. 이후 집필한 『전쟁과 평화』 『안나 카레니나』 『부활』 등은 러시아 문학사는 물론 세계 문학사에 있어서도 톨스토이를 위대한 작가로 등극게 한 대표적 거작들이다.

그는 말년에 이르기까지 많은 글을 썼는데, 그 규모가 90권 전집으로 꾸며질 정도다. 그의 수많은 저작은 작가로서뿐만 아니라 사상가, 종교가로서의 면모를 보여 주는데, 이로 인해 톨스토이는 '세계의 양심'이라 불리기도 한다.

톨스토이 작품의 기저를 이루고 있는 휴머니즘은 세계 독자들의 공감을 얻어 수많은 추종자를 낳았으며, 예술의 근본적인 문제를 깊이 파고든 그의 예술관은 지금도 우리에게 마음의 양식이 되고 있다. 1870년대 말, 이른바 '사상적 위기' 시대에 이미 성숙된 것으로 알려진 그의 논문「예술이란 무엇인가?」가 이에 대한 좋은 예다.

1884년에 발표한『참회록』은 말년의 톨스토이를 이해하는 데 가장 중요한 작품이다. 이전까지 지속적으로 정신적 위기를 겪어 오던 톨스토이는『참회록』에서 자신의 과거 생활을 모두 부정하고 고발하는 모습을 보인다. '삶의 즐거움'을 기만이라고 단죄한 톨스토이는〈산상수훈〉의 '노하지 말라' '간음하지 말라' '맹세하지 말라' '폭력으로 악에 저항하지 말라' '싸우지 말라' 등의 다섯 가지 계율을 기독교의 근간으로 규정지었다. 농민의 간소한 생활을 이상으로 삼는, 이른바 '톨스토이주의'는 이 계율을 바탕으로 생겨났다.

톨스토이가 자신의 예술론에서 제시하는 가장 중요한 조건은 '참된 예술이란 인생을 위해 무엇이든 기여하는 바가 있어야 한다'는 것이다. 따라서 오늘날의 예술과 같이 미(美)와 향락(享樂)에 치중할 것이 아니라 종교적 감정을 토대로 해야 하며, 한 민족만이 아니라 세상 모든 민중이 쉽게 이해할 수 있어야 한다. 즉, 세계적이고 우주적인 보편성(普遍性)을 지녀야 한다는 것이다. 그러기 위해서는 그 형식과 표현이 명료하고 단순하며 간결해야 한다는 것으로, 특히 이 책에 소개한 다섯 편의 민화(民話)들이 주로 이 정신에 기초를 두고 있다 할 것이다.

톨스토이의 작품

『사람은 무엇으로 사는가』 (1881년)

천사 미하일이 죄를 짓고 지상 세계로 떨어져, 하나님께서 내린 세 가지 질문에 대한 답을 찾게 되는 과정을 그리고 있다.

어느 날 하나님으로부터 지상으로 내려가 한 여인의 목숨을 거두어 오라는 명을 받은 천사 미하일은, 막 쌍둥이를 낳고 쓰러져 있는 여인을 보고 불쌍한 마음이 들어 그냥 돌아오고 만다. 이에 하나님은 명을 어긴 벌로 그를 지상 세계로 떨어뜨린다. 그리고 '사람 안에 무엇이 있는가?' '사람에게 허락되지 않은 것은 무엇인가?' '사람은 무엇으로 사는가?'라는 세 가지 질문을 주신다. 지상으로 떨어진 천사 미하일은 구두장이 일을 하면서 가난하게 살아가는 세묜 부부를 만나, 그들과 더불어 살아가면서 마침내 하나님께서 주신 세 가지 질문에 대한 답을 찾게 된다. 그 답은 '사람 안에는 사랑이 있으며, 자신에게 무엇이 필요한지 아는 것이 사람에게 허락되지 않았으며, 따라서 사람은 서로에 대한 사랑으로 살아간다'는 것이다.

1881년 톨스토이가 최초로 쓴 민화 작품으로, 러시아의 구비 전설에 흔히 등장하는 '지상 세계로 내려온 천사' 모티브가 사용되었다. 천사 미하일의 문학적 형상은 고대 러시아 『성자전(聖者傳)』과 쉐골렌코의 『대천사』에서 차용하였으며, 또한 주인공인 구두장이 세묜의 문학적 형상은 러시아 구비 전설과 성경에 나오는 '어부(漁夫)'에서 차용하였다.

『바보 이반 이야기』(1885년)

러시아의 구비 전설에 등장하는 성스러운 바보 이반과 그의 교활한 형제들에 대한 모티브를 차용하여 만든 톨스토이의 대표적인 민화다. 이 작품에서 톨스토이는 아무런 욕심 없이 그저 땅만 일구며 살아가는 주인공 바보 이반과 욕심 많은 그의 두 형, 군인 세묜과 배불뚝이 타라스의 모습을 통해 자신의 인생관, 사회관, 종교관, 도덕관을 드러내고 있다. 이와 관련하여 P. 비류코프는 다음과 같이 언급했다.

톨스토이는 군인 세묜의 문학적 형상을 통해 전쟁에 대한 작가의 비판적 태도를 보여 주고, 상인 배불뚝이 타라스의 문학적 형상을 통해서는 자본주의 사회의 전형을 보여 준다. '손에 굳은살이 없는 사람은 먹다 남긴 찌꺼기를 먹어야 한다'는 바보 이반 왕국의 유일한 법칙은 무위도식하는 특권 계층에 대한 폭로이자 그들에 대한 준엄한 경고다.

실제로 이 작품이 출간되었을 때 러시아 국가검열위원회의는 '전쟁과 화폐, 학문과 물건을 사고파는 경제 행위가 필요 없다는 작가의 사상을 드러내고 있고, 또한 단순 무지한 인물(바보 이반)을 왕으로 내세움으로써 러시아 황제의 존재 가치를 부정하고 있다. 작품에서 긍정적 가치를 지니는 유일한 사상은 건전한 노동, 즉 손에 박인 굳은살이다. 따라서 이 작품은 현대적 삶의 필수 조건인 군대와 화폐, 정신노동을 정면으로 부정하며 비웃고 있다'는 의견을 제출하였다. 이로 인해 이 작품은 1891년에 출판 금지 조치를 당하기도 했다. 범노동주의, 무저항주의, 금전 부정 등 톨스토이의 사상을 가장 명확하게 드러내는 작품이라고 할 것이다.

『사람에게 땅은 얼마나 필요한가』(1886년)

톨스토이의 대표적인 민화 중 하나로, 보다 많은 땅을 갖기 위해 지나친 욕심을 부리다 결국 한 평의 땅도 얻지 못한 채 죽고 마는 파홈이라는 인물을 묘사하고 있다. 파홈을 통해 끝없는 인간의 물질욕과 소유욕을 드러내고 그러한 욕심이 인간에게 얼마나 무서운 해를 끼치는지를 보여 준다.

작품의 공간 배경은 사마라의 초원 지대를 여행하며 바슈키르인들의 풍습과 생활상을 묘사한, 그리스 역사가 헤로도토스의 여행기에서 차용하였다. 지나치게 많은 땅을 욕심내다 결국 죽고 마는 파홈의 문학적 형상은 우크라이나 지방의 민간 설화에서 차용했다고 한다. 많은 문학 비평가들이 톨스토이의 민화들 중 '단 하나의 잉여 단어도 사용하지 않고 정확한 문체로 쓰인 가장 조화로운 이야기'로 이 작품을 꼽는다.

『두 노인』(1885년)

신에 대한 맹세를 수행하기 위해서 예루살렘으로 성지 순례를 떠나는 예핌과 예리세이라는 두 노인에 대한 이야기다. 예핌은 자신의 목표인 성지 순례를 계속하지만, 예리세이는 굶어 죽어 가는 한 가족을 우연히 만나 도중에 발이 묶인다. 그 가족을 위해 가진 돈을 다 써 버리고 배도 놓쳐 버린 예리세이는 결국 예루살렘을 보지도 못하고 집으로 돌아온다. 한편 성지 순례를 마친 예핌은 돌아오는 길에 친구 예리세이가 구해 준 가족을 만나게 되고, 그들로부터 예리세이의 선행에 대한 얘기를 듣고 '신에 대한 맹세를 지키고 신의 뜻을 이루는 최상의 방법은 살아 있는 동안 다른 사람들에게 선을 베풀고 사랑을 행하는 것'임을 깨닫는다.

1879년에 쓰인 쉐골렌코의 『두 성직자』에서 작품의 모티브를 얻은 톨스토이는, 종교적 형식과 절차를 중시하기보다는 매일 남에게 선행을 베풀고 실천하는 것을 최고의 덕목으로 삼았던 전통적인 러시아 정교회의 성인(聖人) 이미지를 주인공 예리세이 노인을 통해서 보여 주고 있다.

『사랑이 있는 곳에 하나님이 계시나니』(1885년)

복음서에 기초한 톨스토이의 대표적인 민화 중 하나다. 인간은 자신을 위해서가 아니라 남을 위해서, 특히 가진 것 없고 보잘것없는 사람들을 위해서 살아야 한다는 종교적이고 도덕적인 내용을 담고 있다.

특히 누가복음 6장과 7장에 나오는 구절을 인용하여 그리스도의 행적을 묘사했다.

네 뺨을 치는 사람에게는, 다른 뺨도 돌려 대고, 네 겉옷을 빼앗는 사람에게는, 속옷도 거절하지 말아라. 너에게 달라는 사람에게는 주고, 네 것을 가져가는 사람에게서 도로 찾으려고 하지 말아라. 너희는 남에게 대접을 받고자 하는 대로 남을 대접하여라.

그런 다음에, 그 여자에게로 몸을 돌리시고, 시몬에게 말씀하셨다. "너는 이 여자를 보고 있느냐? 내가 네 집에 들어왔을 때에, 너는 내게 발 씻을 물도 주지 않았다. 그러나 이 여자는 눈물로 나의 발을 적시고, 자기 머리카락으로 닦았다. 너는 내게 입을 맞추지 않았으나, 이 여자는 들어와서부터 줄곧 내 발에 입을 맞추었다. 너는 내 머리에 기름을 발라 주지 않았으나, 이 여자는 내 발에 향유를 발랐다."

성서를 읽고 마음에 새기는 주인공 마르틴을 통해, 자신을 찾아오는 손님이 아무리 누추할지라도 그리스도를 영접하듯이 맞이하라는 교훈을 전한다.

　이 작품은 톨스토이가 프랑스 작가 루벤 사이앙의 『마르틴 아저씨』라는 작품을 번역한 후, 몇 차례에 걸쳐서 다시 각색한 것이다. 비평가 B. G. 체르트코프는 실제적이고 구체적으로 묘사한 톨스토이의 이 작품이 원작보다 훨씬 감동적이고 설득력 있다고 평했다.

레프 니콜라예비치 톨스토이 연보

1828년   러시아 명문 톨스토이 백작 가문의 넷째 아들로 야스나야폴랴나에서 태어났다.

1830년(2세)   어머니 마리야 톨스토이가 사망했다.

1837년(9세)   모스크바로 이주했다. 아버지 니콜라이 톨스토이가 사망했다.

1844년(16세)   카잔 대학 동양어학과에 입학하여 투르크어, 페르시아어를 전공했다.

1845년(17세)   동 대학 법학부로 옮겼다. 이때를 전후하여 루소의 저술을 읽었다.

1847년(19세)   대학을 중퇴하고 고향으로 돌아가 농노의 생활 개선을 위해 노력하였으나 실패했다.

1848년(20세)   모스크바로 이주한 뒤 방탕한 생활에 빠졌다.

1849년(21세)   페테르부르크 대학에서 학사 검정고시를 치러 민법 및 형법을 통과했다.

1851년(23세)   최초의 문학 작품 『어제 이야기』를 발표했다.

1852년(24세)　사관후보생으로 산악 토벌에 참전하였으며 작품 『유년시절』을 발표했다.

1854년(26세)　『소년시절』을 출간했다.

1855년(27세)　『세바스토폴 이야기』, 『벌채』를 발표했다.

1856년(28세)　『눈보라』, 『두 명의 경기병』, 『지주의 아침』을 발표했다.

1857년(29세)　『청년시대』를 발표했다. 독일, 프랑스, 스위스, 이탈리아 등 유럽으로 여행을 다녀왔다.

1858년(30세)　모스크바에 음악 협회를 설립했다.

1859년(31세)　『세 죽음』, 『가정의 행복』, 『알베르트』를 발표했다.

1861년(33세)　유럽 각국의 교육 제도를 연구하기 위해 두 번째로 유럽 여행을 다녀왔다.

1862년(34세)　궁정 주치의 딸 소피야 안드레예브나와 결혼했다.

1863년(35세)　교육 잡지 「야스나야폴랴나」를 발간했다.

1864년(36세)　『전쟁과 평화』를 기고했다.

1865년(37세)　『전쟁과 평화』의 첫 부분(1~26장)을 잡지 「러시아 통보」에 발표했다.

1869년(41세)   장편 소설 『전쟁과 평화』를 단행본으로 출간했다. 쇼펜하우어
           와 칸트에 심취했다.

1873년(45세)   사마라 지방의 굶주리는 민중을 위한 구제 사업에 헌신했다.

1875년(47세)   『새로운 알파벳』『러시아 독본』을 발표했다. 『안나 카레니나』
           를 「러시아 통보」에 발표하기 시작했다.

1877년(49세)   장편 소설 『안나 카레니나』를 단행본으로 출간했다.

1879년(50세)   러시아 정교회를 탈퇴하고 지주 생활 청산을 선언했다. 도덕적
           으로 완전무결한 참된 기독교를 지향하기 시작했다.

1881년(53세)   모스크바로 이주했다. 『사람은 무엇으로 사는가』『요약 복음
           서』를 발표했다.

1882년(54세)   『나의 고백』을 완성하여 「러시아 사상」에 발표하였으나, 판금
           당했다. 『모스크바 민세조사에 대하여』『참회록』을 발표했다.

1884년(56세)   『나의 신앙의 요체』에서 러시아 정교회를 신랄하게 비판했다.

1885년(57세)   『사랑이 있는 곳에 하나님이 계시나니』『바보 이반 이야기』를
           발표했다.

1886년(58세)   희곡 『어둠의 힘』 및 소설 『이반 일리치의 죽음』『사람에게 땅
           은 얼마나 필요한가』를 발표했다.

1887년(59세)   『인생론』을 발표했다.

1889년(61세)　작품 『홀스토메르』 『크로이체르 소나타』를 발표했다.

1890년(62세)　희곡 『살아 있는 시체』를 발표했다.

1893년(65세)　『노자』를 번역했다. 『종교와 국가』를 발표했다.

1896년(68세)　『그리스도의 가르침』 『종말이 가까이 오고 있다』를 발표했다.

1898년(70세)　「예술이란 무엇인가?」에서 데카당 사조를 비판하고 민중을 위한 예술을 강조했다.

1899년(71세)　장편 소설 『부활』을 발표했다.

1901년(73세)　러시아 정교회로부터 파문당했다. 노벨상 수상을 거부했다.

1902년(74세)　문학 활동 50주년 기념회를 개최했다. 『종교론』을 발표했다.

1904년(76세)　『하지 무라트』를 발표했다.

1908년(80세)　사형 제도에 반대하는 작품 『침묵할 수 없다』를 발표했다. 톨스토이 탄생 80주년 기념회를 개최했다.

1910년(82세)　집을 나와 여행을 다니다가 아스타포보역에서 82세로 생애를 마감하여, 고향 야스나야폴랴나에 묻혔다.

옮긴이 **김세일**

고려대학교 노어노문학과를 졸업하고, 러시아 St. Petersburg 국립대학교에서 석사 및 박사 학위를 받았다. 현재 중앙대학교 노어학과 교수로 재직하며, 한국슬라브학회 편집이사, 한국러시아문학회 운영이사로 활동하고 있다.
옮긴 책으로는 꾸쁘린 선집 『올레샤』 『술라미, 석류석 팔찌』 등이 있다.

그린이 **김무연**

대학에서 애니메이션을 전공했다. 책을 읽으며 느껴지는 작은 감정들을 좇아 그림을 그리기 시작했다. 책 읽기와 상상하기를 좋아하며, 현재 mqpm 소속으로 활동하고 있다.
그린 책으로는 『가벼운 공주』 『아슬아슬 삼총사』 『삐삐는 언제나 마음대로야』 등이 있다.

세계의 클래식

〈세계의 클래식〉은 오랫동안 꾸준히 사랑받아 온 문학 작품을 청소년들이 좀 더 친숙하게 접할 수 있도록 새로운 감각으로 펴낸 고전 시리즈입니다. 원서에 충실한 번역과 문학성을 살린 풍부한 문장이 작품에 대한 이해와 읽는 재미를 한층 높여 줄 것입니다. 또한 젊은 작가들의 섬세하고 감성적인 그림이 청소년뿐만 아니라 문학을 사랑하는 모든 이의 마음까지 채워 주기에 부족함이 없습니다.

01 **젊은 베르테르의 슬픔** 요한 볼프강 폰 괴테 글 | 이선주 그림 | 이옥용 옮김

02 **로미오와 줄리엣** 윌리엄 셰익스피어 글 | 쁘쁘첸코 류다 그림 | 김종환 옮김

03 **인형의 집** 헨리크 입센 글 | 이선주 그림 | 이옥용 옮김

04 **사람은 무엇으로 사는가** 레프 니콜라예비치 톨스토이 글 | 김무연 그림 | 김세일 옮김

05 **검찰관 · 외투** 니콜라이 바실리예비치 고골 글 | 임양 그림 | 송정수 · 김세일 옮김

06 **검은 고양이** 에드가 앨런 포 글 | 송수정 그림 | 김영선 옮김

07 **동물농장** 조지 오웰 글 | 최선영 그림 | 김영선 옮김

08 **지킬 박사와 하이드 씨** 로버트 루이스 스티븐슨 글 | 이강 그림 | 김영선 옮김

09 **변신** 프란츠 카프카 글 | 이우창 그림 | 권세훈 옮김

10 **마지막 잎새** 오 헨리 글 | 이선민 그림 | 이은정 · 김동미 옮김

11 **타임머신** 허버트 조지 웰스 글 | 조호근 옮김

12 **큰 바위 얼굴** 너새니얼 호손 글 | 이종인 옮김

13 **노인과 바다** 어니스트 헤밍웨이 글 | 고정아 옮김

14 **위대한 개츠비** F. 스콧 피츠제럴드 글 | 최인자 옮김

15 **도련님** 나쓰메 소세키 글 | 오석륜 옮김